L'Étoile noire

Michèle Maillet

L'Étoile noire

Roman

ÉDITIONS FRANCE LOISIRS

Édition du Club France Loisirs,
avec l'autorisation des Éditions Julliard

Éditions France Loisirs,
123, boulevard de Grenelle, Paris
www.franceloisirs.com

ISBN : 2-7441-8755-0

À Blanchette,
à mon père.

IL N'EST PLUS BEL HOMMAGE

Il n'est plus bel hommage
à tout ce passé
à la fois simple
et composé
que la tendresse
l'infinie tendresse
qui entend lui survivre

LÉON GONTRAN DAMAS

Extrait de Pigments-Névralgies (Présence Africaine)

1

Une cuisine, un camion

— *Türe auf! Schnell!*

— *Schnell! Frau Sidonie! Offnen sie!*

Des coups sourds, puis des coups secs contre la porte; des coups de poing, puis des coups de botte ou de crosse de fusil. Et lorsque les coups cessent un instant, les cris reprennent, des vociférations.

Il ne me faut que quelques secondes pour me tirer de mon demi-sommeil, pour me lever, pour refermer derrière moi la porte de ma chambre, pour traverser la cuisine, pour jeter un coup d'œil par la fenêtre. Et presque pour comprendre...

Ils ne sont que des ombres dans le parc, mais je les reconnais.

Je passe mes deux mains sur mon visage, machinalement, comme je fais chaque fois que quelqu'un frappe à la porte, et je me précipite pour ouvrir. Ils me bousculent et passent devant moi. Ils sont déjà au milieu de la cuisine : quatre soldats, bottés, casqués, et deux civils vêtus d'imperméable.

J'avance vers eux; ils s'approchent de moi; je recule. L'un des civils se remet à crier :

— *Los ! Los !*

Puis il se tait. Ils ont tous les yeux braqués sur moi. Des regards qui me dévisagent. Et puis les soldats partent d'un grand rire qui me fait trembler. J'entends des mots sans suite :

— *Negerin ! Negerin ! Frau Sidonie, Negerin ! Unglaublisch !*

— *Los ! Jude !*

Soudain, je saisis clairement l'absurdité de la situation : une rafle. C'est une rafle, et ils me prennent pour une Juive. Une Juive noire. Et ils se demandent si ça existe.

Alors j'ouvre la bouche pour la première fois, presque calmement, sûre de moi :

— *Nicht Jude*. Catholique. Je suis catholique !

Dans un geste qui ressemble à une justification, mais qui n'est qu'instinctif, j'esquisse le signe de croix et commence à prier la Vierge Marie. Je sais que dans ma chambre la chandelle finit de se consumer devant l'image de la Vierge.

— *Jude, Negerin, tut nichts, selbe Schweinerei !*

C'est l'un des civils qui a parlé. Je devine le sens des mots que je reconnais vaguement : juif, nègre, cochon. La même cochonnerie, la même engeance. Ce discours, je l'ai déjà entendu, vaguement. Je n'y ai jamais prêté attention. Mais je me rends compte qu'il ne sert à rien de revendiquer une religion. Le grand mot qui court les rues, le mot couvert des chuchotements, ce n'est pas la croyance, c'est la race.

Le civil désigne la porte de ma chambre.

— *Wer ist da ?*

Je repense à la bougie, à l'image pieuse, mais je réponds simplement :
— C'est ma chambre.
Juste à côté, l'autre porte. Il s'en approche. Sa main se ferme sur le bouton de porcelaine blanche. Au plus profond de moi, la prière monte, s'amplifie, non plus inconsciente, mais suppliante, désespérée. Il ne faut pas qu'il tourne la poignée. Il ne doit pas ouvrir cette porte-là. Il se retourne vers moi. Je suis sûre qu'il m'a devinée, qu'il a senti mon angoisse ; il sait que je suis en train de prier pour qu'il n'ouvre pas la porte.
Elle est ouverte, maintenant. Un rectangle de lumière blafarde se découpe sur le plancher : l'ampoule de la cuisine éclaire la table pour les repas mais laisse le reste de la grande pièce dans la pénombre.
L'homme pénètre dans la chambre, tâtonne sur le chambranle de la porte pour découvrir l'interrupteur. Ça y est, il l'a trouvé. Il allume. Je ne peux plus tenir. Je me précipite vers lui. Il faut faire quelque chose. Sauver ce qui peut l'être. Je me mets à parler, à chercher mes mots. Je sens que je suis maladroite et que, au lieu de créer une diversion, je ne fais que m'enferrer :
— Les enfants, pas à moi. Ils sont en visite, en vacances. Je ne les connais pas.
Il va jusqu'au lit. Je le suis. On ne voit que deux creux sombres dans les oreillers, le reste se perd sous les draps. La couverture vole. Deux petites têtes brunes apparaissent : Nicaise et Désiré, mes deux jumeaux. Ils sont réveillés comme en plein jour, un peu étonnés, presque rieurs. En les

voyant se dresser sur leurs coudes, je me rends compte de l'énormité de mon mensonge : à qui faire croire qu'ils ne sont pas à moi, comment expliquer la couleur de leur peau ?

Dès que j'ai devant moi leurs deux petits visages, je fonds, je m'attendris. L'homme qui se tient au bord du lit n'est certainement pas dans les mêmes dispositions que moi :

— *Auch die Kinder !* Debout ! Debout !

Quatre heures du matin sonnent au carillon de la cuisine. Je ne pensais pas qu'il était déjà si tard, ou si tôt. J'ai dû m'assoupir, tout habillée sur mon lit ; souvent je profite du calme de la soirée pour faire de la couture, et parfois je m'endors sur mon ouvrage.

Mais aujourd'hui la nuit est finie pour tout le monde. À l'étage, j'entends des cris. Toujours les mêmes mots : *Los ! Los ! Schnell !* Des bruits de bottes, des armes heurtées contre les parois. Ils ont envahi tout le château. Ils doivent emmener M. Dubreuil et sa femme... C'est bien ce que je pensais : une rafle, et je suis prise avec les autres.

Pourquoi ? Pourquoi une rafle dans ce coin tranquille du Bordelais ?

Hier, en allant faire les courses, j'ai appris qu'un officier allemand avait été abattu. J'aurais dû me douter qu'il y aurait des conséquences, des représailles, comme on dit, des exemples... J'aurais dû faire mes valises, partir. J'aurais dû emmener les enfants. J'aurais dû... quoi ? Que faire ? Où aller ? Et puis toutes ces histoires semblaient si lointaines, au fond, tant qu'elles ne nous concernaient pas...

Cette nuit, elles sont devenues réalité. Jusqu'à cet instant où les coups ont été frappés contre la porte d'entrée du château, contre celle de la cuisine, ce genre de choses n'arrivait qu'aux autres. Soudain, c'est ma vie et celle de mes enfants qui est menacée. Et aussi celle des Dubreuil. Je savais bien que Mme Dubreuil était juive. Mais pour moi ça restait abstrait. Pour d'autres, ça ne l'était pas ; peut-être ont-ils été dénoncés ? Je savais qu'elle était d'une autre race que la mienne, mais autour de moi je ne rencontrais que des gens d'une autre race que la mienne, alors...

Moi, je les aime beaucoup, M. et Mme Dubreuil, ils ont toujours été très bons avec moi, mais quand même, je n'ai rien à voir dans tout cela. Et mes enfants encore moins. On ne peut pas emmener mes enfants. Ils sont levés, maintenant ; ils grelottent de froid et de sommeil, mais ils sourient.

Je les aide à s'habiller. Tout en m'occupant d'eux, je ne cesse de me tourner vers les soldats, vers les civils : « Moi, pas juive, catholique. Française, martiniquaise. Martinique... » Ils n'ont qu'une réponse : « *Negerin* », et ils rient, me faisant signe de rassembler mes affaires et de me dépêcher.

Prendre mes affaires pour aller où ? Combien de temps ? Mon regard se pose sur les objets familiers de la cuisine : le robinet que j'ai réussi à réparer seule, il y a deux jours ; l'égouttoir à vaisselle sagement replié ; sur la table, le livre sur lequel Désiré, mon fils, s'endort presque chaque soir.

Après, tout est allé très vite. Même plus le temps de réfléchir. Un sac, des choses que l'on entasse, pour les enfants, pour moi. À peine un regard pour ma chambre : un autre univers que la cuisine, le mien ; une photo de ma mère devant notre maison, là-bas, dans l'île, une gravure ancienne, naïvement coloriée, représentant un paysage de la Martinique, et le tissu de madras froissé sur le lit, mon ouvrage de couture, la robe que je cousais en secret pour Nicaise – c'est bientôt son anniversaire, elle aura six ans en mars. Et l'image de la Vierge. Je souffle la bougie. Emporter quoi ? Des choses pour survivre ? Des choses pour ne pas oublier ? Des choses pour prier ? Des choses à manger ?

— *Schnell ! Schnell !*

Vite, vite. Des mots comme des coups de trique. Tout va tellement vite que nous sommes déjà devant un camion. Il y en a plusieurs dans le parc. Et il fait très froid dans cette nuit de décembre.

Les moteurs tournent. Deux Allemands, armés de mitraillettes, surveillent l'embarquement. Ils me voient arriver avec les enfants et se mettent à rire :

— *Eine Negerin ! Schwarz wie die Nacht.*

Quand ils parlent, un petit nuage blafard s'échappe de leur bouche. Le parc semble avoir effroyablement rétréci dans l'obscurité. J'aide les enfants à monter dans le camion. Tout à coup je suspends mon geste devant cette ironie tragique, devant cette monstruosité : je les aide à partir pour l'inconnu, à aller vers un destin que je crains pour eux encore plus que pour moi. Mais déjà j'entends « *Schnell ! Schnell !* ». Il n'est plus temps de penser.

J'essaie de déchiffrer les taches claires des visages de ceux qui sont déjà installés sous la bâche du camion. Je ne reconnais ni M. Dubreuil ni sa femme ; ils sont peut-être dans un autre véhicule. Leur présence m'aurait rassurée. Je leur aurais demandé de dire aux Allemands que je suis catholique. Ils l'auraient fait. Ils m'ont toujours respectée, et aussi tout ce qui me rattache à mon île. Mme Dubreuil me parlait souvent des Antilles, elle me demandait parfois de lui apprendre les secrets de la cuisine créole, que m'avait enseignés ma mère.

Les camions s'ébranlent, quittent le parc ; les gravillons crissent sous les pneus. Puis c'est la sensation lisse de la route. Quelques minutes passent et nous arrivons au bourg. Nous nous arrêtons. Nouveaux cris. On ouvre le camion. D'autres personnes montent. Les soldats nous poussent à l'intérieur, comme du bétail.

J'essaie de protéger les enfants, qui étouffent au milieu des adultes. Ils n'ont rien dit depuis qu'ils sont levés. Je sais qu'ils attendent que nous soyons seuls pour poser leurs questions ; ils ont toujours gardé leurs remarques pour nos moments d'intimité. Mes pauvres chéris, quand serons-nous seuls ? Dans leurs regards, il y a plus de curiosité que de peur.

Un nouvel arrêt. On repart. Aux virages, aux

changements de direction, aux zones d'ombre et de lumière qui apparaissent entre les bâches, j'essaie de deviner notre itinéraire. Le quartier de la Bastide, l'église. J'imagine la Garonne, là-bas, calme dans cette nuit d'hiver, avant les tumultes du printemps, et aussi, au bord du fleuve, des maisons, comme un décor dessiné à l'encre de Chine. Je me repère : il me semble que nous roulons maintenant sur la nationale 10. Pourquoi ? Où allons-nous ?

Mon regard rencontre celui d'une femme qui est montée à notre dernier arrêt ; son regard pose la même question muette que le mien ; pourtant, elle se détourne ; cette femme, je la connais, elle me connaît ; nous échangions parfois quelques mots chez les commerçants. Aujourd'hui, elle feint de ne pas me reconnaître. Et je me demande qui elle refuse de reconnaître : Sidonie la femme à la peau noire, ou Sidonie la domestique d'une Juive ?

En fait, dans ce camion, personne ne parle. Pourtant, j'en suis sûre, nous avons tous tellement besoin les uns des autres. Depuis que je suis montée, je cherche un visage connu, un regard complice, un chuchotement de réconfort, une explication murmurée. Et cette femme qui me connaît garde la nuque raide de ceux qui ne veulent rien savoir.

Une bouffée de révolte grandit en moi. Je sais que ce n'est pas le moment, mais la même question me revient en tête, je ne peux m'en empêcher. Pourquoi cette femme m'ignore-t-elle ? Parce que je ne suis qu'une employée ? Parce qu'elle ne veut pas se compromettre avec une Négresse ?

Pour l'instant, je ne suis qu'une Française, comme elle, raflée par les Allemands. Oui, tout à fait française, cent pour cent française. Et même sang pour sang française. Mon père était français, un ancien combattant de la Grande Guerre, mort des suites de ses blessures, de trop de sang versé sur le sol français. Et mon oncle aussi en était mort, d'être français. Enterré dans la fosse commune de Douaumont. Et chez moi, en France, à l'autre bout du monde, à la Martinique, on la savait par cœur, l'histoire de la boucherie de Verdun, on le connaissait par cœur, le récit des combats du bois des Caures, où mon oncle Armand était mort le 22 février 1916. Et, depuis que la France est occupée, mon oncle Thénos, n'est-il pas là-bas, à Sainte-Lucie, au sud de l'île, le chef de la dissidence ? Dès le 18 juin 1940, lorsque les rares postes de TSF avaient diffusé l'appel du général de Gaulle, presque tous les hommes étaient partis sur des embarcations de fortune pour rejoindre les îles anglaises. Beaucoup s'étaient perdus en mer, emportés par les courants, engloutis par les vagues. Et parmi eux, mon frère, Remy...

Les enfants dorment, maintenant, ballottés, coincés entre des valises et des genoux d'adultes, et ce spectacle me serre le cœur plus encore que l'évocation des événements du passé, plus encore que l'indifférence de cette femme qui ne me connaît plus.

2

Un manège

Quatre heures, nous avons roulé quatre heures. Le mauvais sommeil, le froid intense, l'immobilité, l'angoisse : nous sommes tous blêmes dans ce camion, tous, même moi, même les enfants. On peut être blême sous une peau noire, comme on peut avoir bonne mine.

Le camion freine. Un civil qui parle assez correctement français vient nous dire que nous allons pouvoir satisfaire à nos besoins naturels. Nous descendons. Désiré, mon petit enfant, est bousculé et glisse. Je me jette sur lui pour le relever : j'ai peur de la foule qui se presse, étouffe et piétine impitoyablement ceux qui tombent. Ma main est couverte de sang ; je dévisage Désiré : sa lèvre est fendue et une tache rouge macule sa chemise. Il ne dit toujours rien, il ne pleure pas, il a juste un battement de cils, pour me rassurer. Nicaise, elle, se mord les lèvres. Ses yeux sont humides. Toujours, ils ont ainsi souffert l'un pour l'autre, comme moi je souffre à travers eux. Je regarde ma main rougie et ne peux m'empêcher de penser : le sang, déjà. Le sang, la guerre.

Il doit être plus de huit heures du matin, maintenant ; un jour grisâtre, aussi livide que nos visages, commence à se lever. Le sol est blanc : il a dû neiger pendant le transport. J'imagine ce début de journée tel qu'il aurait dû être sans ce cauchemar : je soulève le rideau à carreaux de la cuisine et découvre le parc immaculé, les arbres qui ploient sous le poids de la neige. Alors, en souriant, je vais ouvrir la porte de la chambre des enfants, je leur dis que j'ai une surprise pour eux, et, brusquement, d'un seul coup, j'écarte les volets ; eux se mettent debout d'un bond, courent à la fenêtre et hurlent de joie...

Ici, près du camion, j'ai vu Nicaise pousser son frère du coude, avec un sourire et un coup de menton en direction du sol. Pour eux, la neige est encore un jeu magique et merveilleux.

Je n'arrive pas à bien comprendre où nous sommes. Derrière nous, il y a une dizaine de camions comme le nôtre ; des gens en descendent. Devant nous se dresse une immense bâtisse, une sorte de grand hall vitré. Les portes s'ouvrent. Tout autour de nous, les soldats nous poussent vers l'entrée. Les enfants se collent à moi, je me serre contre eux. Sous le porche, une bouffée d'odeurs mêlées : odeurs humaines et animales, sciure, urine et crottin de cheval. Nous sommes dans un manège d'équitation. Je n'en ai jamais vu de ma vie, mais je sais que c'est cela. Sous une lumière jaune, une foule silencieuse de gens debout, allongés, assoupis pour certains. Combien sont-ils ? Combien sommes-nous, maintenant que je fais partie de ce troupeau ? Plusieurs centaines, me semble-t-il. Nous sommes tous comme des chevaux exténués, et les vapeurs de nos souffles se mêlent dans une atmosphère à la fois suffocante, humide et glaciale.

Il y a des hommes, des femmes, des enfants. Nicaise, Désiré et moi sommes les seuls Noirs dans cette foule. Jamais je n'ai été obsédée par la couleur de ma peau, mais depuis cette nuit je ne pense plus qu'à cela.

Pourquoi m'a-t-on arrêtée ? Beaucoup, ici, portent une étoile jaune sur leur vêtement. Moi aussi je devrais en porter une, non pas jaune, mais noire. Cette étoile-là n'existe pas, je le sais, mais je sens que je fais partie de la même catégorie humaine que tous ceux qui sont ici. J'appartiens désormais à un groupe indistinct dans lequel Hitler a classé les Juifs, les Slaves, les Tziganes et les Noirs.

Pendant ces quatre dernières années de guerre, j'ai entendu dire beaucoup de choses. Sont-elles vraies ? On m'a dit que les Allemands n'aiment pas les Noirs. On m'a dit qu'ils confondaient tous les peuples dans une même haine ; que les musiciens noirs de Paris, des Américains, avaient eu des ennuis ; pour les Allemands – et aussi pour certains Français –, il n'y avait même aucune différence entre ces musiciens, les Africains des troupes coloniales françaises et les Martiniquais, français, comme moi, comme mes enfants, depuis des siècles.

À contempler tant de monde rassemblé ainsi dans un seul lieu, tant d'êtres humains parqués dans la même détresse, je considère maintenant les choses de plus loin, comme si je n'étais qu'une observatrice. Le mot « honte » me vient à l'esprit, un mot utilisé par Hitler, oui, c'est cela, la « honte noire », la « honte noire sur le Rhin », expression employée par les Allemands humiliés de voir une partie de leur pays occupée, après la guerre de 14, par des soldats français, des soldats français de couleur noire. Pourquoi avoir envoyé des soldats noirs pour occuper l'Allemagne ? Y a-t-il des Noirs allemands ? Je n'en ai jamais entendu parler. En tout cas, je n'ai jamais aperçu d'autres soldats allemands que blancs, depuis que la France est occupée.

Et des Juifs noirs, est-ce que cela existe ? Il me revient en mémoire un récit que me faisait ma grand-mère. Une histoire d'amour entre un roi des Juifs, Salomon, et la reine de Saba, et la naissance d'un peuple, les Falashas. Peut-être suis-je une de leurs descendantes ?

Ainsi, moi aussi, j'ai mon étoile. Et le sentiment que cela me procure est nouveau, mais je sais que ce n'est pas la honte, la honte noire. J'ai toujours été fière du soleil de mon pays, d'un soleil que peu de gens connaissent ici. Mais je n'ai jamais beaucoup pensé à ma couleur ; question de chance, sûrement ; de circonstances, de temps et d'habitude. Une fois seulement dans ma vie j'ai été malheureuse, déchirée, à cause de mes origines, mais c'était une affaire privée. Et voilà que soudain, curieusement, la couleur de ma peau m'entraîne vers un destin collectif où je suis pourtant seule de mon espèce.

Les enfants qui se serrent toujours plus fort l'un contre l'autre, et tous les deux contre moi, ressentent aussi, j'en suis sûre, notre différence. Ils ne peuvent pas ne pas remarquer le regard des autres, un regard furtif ou appuyé, les remarques étouffées, les questions qui restent en suspens sur notre passage.

Pour mes compagnons de misère, je ne suis pas des leurs. Une intruse, une anomalie, une erreur. La solidarité de la misère, du chagrin, de la détresse ? Même ici, dans ce manège où nous sommes tous traités, non pas comme des hommes et des femmes ennemis, suspects, juifs, noirs ou je ne sais quoi, mais comme des animaux, les cloisons, les distinctions, les méfiances se dressent encore, se dressent plus que jamais. Je suis une Antillaise, une Martiniquaise, une femme des colonies, une Négresse, une fille d'esclave. Et je pense à mes parents qui pendant vingt ans m'ont appris, répété, affirmé que l'esclavage était oublié, envolé, aboli. Ils allaient presque jusqu'à faire comme si cela n'avait jamais existé...

Pourtant, cet état d'esprit de rejet, de curiosité et même d'agressivité est palpable autour de nous. Mais ce qui est extraordinaire, c'est que cette agressivité ne se manifeste pas à l'égard des Allemands, des hommes armés, des ennemis déclarés et officiels. C'est de l'agressivité interne : chacun regarde son voisin à la dérobée ; chacun a l'air de penser qu'il est là à cause de son voisin ; chacun feint d'ignorer le voisin parce que ce dernier est forcément compromettant. Chacun renie chacun.

Il y a des exceptions : je viens d'apercevoir un

vieux monsieur à barbichette blanche qui se penche vers sa voisine pour lui murmurer un mot; je l'avais remarqué tout à l'heure, d'abord parce qu'il avait tenté un mouvement pour protéger Doudou lorsqu'il était tombé, et aussi parce que son visage, sa barbe, ses lunettes cerclées d'or et sa redingote m'avaient rappelé une photographie qui illustrait un de mes livres de littérature, celle d'Anatole France.

Il a certainement senti que je le dévisageais : il se retourne vers moi, parcourt les quelques mètres qui nous séparent. Enfin la chaleur d'un regard, un mot, une compassion : finalement, c'est de cela dont j'ai besoin, comme nous tous ici.

— Vous aussi ? Pourquoi ? Ce doit être une erreur. Le petit n'a pas trop de mal ?

Je fais non de la tête. Brusquement, je suis au bord des larmes. Détresse, fatigue, et aussi attendrissement. Le vieux monsieur s'est déjà éloigné. Ces mots qu'il a prononcés, c'est aussi une manière de me dire que je ne suis pas comme les autres. Mais cette manière-là, je l'accepte. Je veux bien que l'on me dise que je suis noire, je ne souhaite pas ne pas être noire. Mais je ne veux pas que l'on me méprise, que l'on méprise mes enfants parce que nous sommes noirs.

La vague de larmes qui monte en moi est arrêtée net par un cri qui s'échappe d'un groupe, de l'autre côté du manège : une femme hurle, prise d'une panique soudaine. Quelqu'un appelle : « Un médecin ! Il lui faut un médecin ! » Deux hommes s'approchent du groupe qui s'écarte devant eux ; l'un deux est le vieux monsieur aux lunettes cerclées d'or.

Je suis assise maintenant. Doudou et Nicaise font des dessins dans la sciure avec leurs doigts nus. J'ouvre la bouche pour une réprimande, à cause de la saleté. Et puis à quoi bon ? Ce qui compte, c'est qu'ils oublient ce qui se passe, le plus longtemps possible.

Plusieurs personnes, assises comme moi, se sont levées : les portes du manège s'ouvrent à nouveau. Comment allons-nous tenir s'ils font encore entrer du monde ?

Non, j'entends des ordres en allemand. Nous devons nous mettre debout et nous ranger en colonne par un. J'entends des murmures, des questions et, enfin, des réponses. On nous apporte à manger : d'immenses marmites avec de la soupe, des pommes de terre, un peu de lard et de l'eau, paraît-il. La nouvelle se répand dans la foule par vagues concentriques, à partir de la porte. Quand même, après m'être levée, je ne peux m'empêcher de sortir un mouchoir de ma poche, pour essuyer les mains de mes enfants. Nous devons passer chacun à notre tour devant la cantine improvisée. Nous avons droit à deux gamelles : l'une pour la pitance, l'autre pour l'eau ; et nous avons droit aussi à un morceau de pain.

Un soldat donne des instructions en allemand. La femme qui me précède se retourne vers moi :

— Dites aux enfants de ne pas tout manger maintenant : nous n'aurons plus rien jusqu'à l'arrivée.

Ce mot, arrivée, me semble curieux, redoutable et rassurant.

Est-ce la fin de la nuit ? le réconfort de la nourriture ? Les langues se délient, des sentiments sont exprimés, des questions posées, comme si un semblant de vie sociale reprenait. Pourtant, la soupe est bien pâle, les pommes de terre presque en bouillie, et le pain très gris, très dur, et sans saveur – rien à voir avec nos délicieux zacharies antillais. Désiré et Nicaise sont toujours silencieux. Et je n'ose pas rompre notre complicité, notre solidarité muette. S'ils se mettaient à poser des questions, que leur répondrais-je ?

Le niveau sonore monte peu à peu dans l'espace immense du manège. Les voix, les bruits de gamelles et aussi, pour la première fois, des protestations. Un groupe d'hommes a pris deux ou trois soldats allemands à partie. Ils ne les insultent pas, non, ils posent les questions que nous nous posons tous, et ils vont même jusqu'à « exiger » des réponses.

Et puis soudain, le silence : un officier vient d'entrer. Il est élégant, dans un uniforme bien coupé, avec des bottes bien cirées. Les soldats sont au garde-à-vous. Les protestataires sont eux aussi immobiles, muets, presque aux ordres, toutes exigences envolées. C'est la première fois que je vois un officier SS de près. Ainsi, pour moi, la guerre commence ce matin, le 13 décembre 1943 à onze heures. Je repense à l'horloge de la cuisine du château : j'aurais dû la remonter ce matin. Maintenant, elle doit être arrêtée.

— *Ruhig!* fait l'officier.

Désiré et Nicaise se serrent contre moi. Doudou glisse sa main glacée dans la mienne, et un grand froid me transperce comme une lame. Nicaise se met à trembler et se blottit contre ma jupe de laine. Je me défais de mon châle et enveloppe ma fille, qui maintenant évite mon regard. Comment exprimer mes pensées autrement que par cette image qui devient soudain une réalité ? C'est comme si une main fatale, la main du destin, s'était abattue sur nous. Et je regarde la main gantée de cuir de l'officier. Quel destin ?

Pourtant, j'ai un espoir au cœur, et le vieux médecin lui a fait prendre corps : mes enfants et moi, nous ne sommes pas juifs ; il y a erreur ; ils vérifieront – on m'a souvent dit que les Allemands sont tatillons et précis. Ils verront que je ne suis qu'une Martiniquaise de vingt-cinq ans, moitié étudiante, moitié employée de maison, qui vit dans la région de Bordeaux avec ses deux enfants. On ne peut quand même pas arrêter tous les Juifs et en plus tous ceux qui travaillent chez les Juifs. Qu'en ferait-on, de tous ces gens ? Les prisons ne sont pas si grandes ! Il y a déjà les voleurs, les assassins, les terroristes... Pourquoi s'encombrer d'une femme et de deux gosses ? On nous relâchera. Où irons-nous ensuite ? Que ferons-nous ? Que deviendront les autres lorsque nous les aurons quittés ? Je reporte ces questions à plus tard.

L'officier passe devant moi, me dévisage, dévisage les deux enfants ; il a un petit sourire. J'ouvre la bouche, mais ce sourire curieux me retient de dire quoi que ce soit. Ce n'est pas le moment. Plus tard, plus tard...

Les soldats se sont mis à nous compter, calmement, systématiquement, sans se tromper, comme s'ils en avaient une grande habitude.

Puis à nouveau des ordres secs. Une cinquantaine d'hommes en armes entrent dans le manège ; ils nous entourent et nous poussent brutalement vers la sortie.

— *Raus, schnell im Zug, schnell...*

L'air du dehors me donne une sorte de choc. Une grosse locomotive halète à quelques dizaines de mètres de la porte. Elle n'était pas là à notre arrivée, et je n'avais même pas remarqué la voie de chemin de fer. C'est un spectacle étrange que ce paysage de rase campagne blanchi par la neige et par un léger brouillard, où nous sommes des centaines à souffler de la fumée par nos bouches et par nos narines, comme cette locomotive arrêtée dans ce lieu sans gare, sans quai, sans guichet, sans horloge.

Il faut faire quelques mètres dans la neige et remonter le long du train jusqu'au moment où on nous dira de monter : c'est ce qui se passe devant nous. Les enfants serrent les poings : ils ont froid aux doigts ; nous avons oublié de prendre des gants avant de partir. Derrière le brouillard, il doit y avoir un peu de soleil : il donne une nuance dorée à la brume. Désiré et Nicaise ont du mal à marcher dans la neige déjà piétinée. Heureusement, ils portent leurs bottines. Nous marchons tous d'un pas mesuré, précis, plus à cause de l'incertitude qu'en raison de la neige. Quelque chose d'émouvant émane de cette colonne en marche : le sentiment d'une communauté de destin, qui ne se dégagerait pas d'une foule immobile ou entassée. Malgré les valises, les baluchons, les sacs et toutes ces choses qui ralentissent leur allure, ces hommes et ces femmes n'ont pas l'air de voyageurs.

Moi, je n'ai qu'un sac de toile ; il ne me pèse pas, je ne le sens pas ; je ne me rappelle même plus ce qu'il contient ; il fait partie de moi. Je sais seulement qu'il m'empêche de donner la main aux deux enfants, et c'est Nicaise qui m'y fait brutalement penser : elle vient de se prendre les pieds dans le châle qui s'est dénoué ; elle tombe de tout son long sur le sol. Désiré et moi, nous nous précipitons pour la relever. Son visage est maculé de neige. Doudou l'essuie avec tendresse du plat de la main, puis, en riant, il se penche, ramasse une poignée de neige et s'en barbouille le visage.

— Regarde, maman, je suis tout blanc maintenant !

Ce jeu me fait frémir et me rassure en même temps ; je n'ai pas le cœur à la plaisanterie, mais je me dis que Désiré, aussi petit soit-il, a inconsciemment compris les raisons de notre présence ici, et que lui aussi cherche un moyen d'esquiver le destin.

Le rire de sa sœur me ramène soudain à ma propre enfance, à mes sept ans dans les mornes pierrotins. J'ai soudain tellement envie d'être chez moi qu'un cri me monte du ventre. Heureusement cela passe très vite, et personne ne se rend compte de rien. J'essuie l'eau qui coule sur le visage des deux enfants. Nous reprenons notre marche. Je ne sais s'il faut souhaiter continuer à marcher ou monter très vite dans ce train. Les pensées se bousculent maintenant dans mon esprit. Peut-être à cause de la fatigue, peut-être à cause de l'absurdité, de la brutalité de ce qui nous arrive. Les images s'entrechoquent : la neige, le brouillard, le soleil de chez moi, le visage de mon père, le visage des enfants. Pourquoi suis-je en France ? Mon île me semble inaccessible, protégée. Ce train qui n'en finit pas de s'étirer aurait été incapable de venir me chercher de l'autre côté de l'océan. La situation est absurde. Un désir éperdu de fuite me saisit. Partir en courant, rentrer au soleil, retrouver la Martinique. J'ai envie de sortir du rang, de ne rien demander à personne, de m'en aller, simplement parce que je n'ai rien à faire ici, parce que je n'ai pas de train à prendre.

Mais il y a ces soldats, leurs visages, leurs regards qui ne regardent pas, les étuis noirs de leurs armes, leurs casques étranges. Il y a surtout ces deux enfants, qui sont mon aventure à moi, et qui m'interdisent toute autre aventure.

Pour prendre ce train, il n'y a pas de cohue, pas de retard, pas de bousculade. Je voudrais m'installer dans ma rêverie, dans mes souvenirs. Mais il faut monter ; maintenant c'est notre tour. Je grimpe la première sur le marchepied, puis j'aide Désiré et Nicaise à me rejoindre. Ils me tendent les bras. Moi je pense : « Maman, tu me manques. » Maman, que fait maman ? Pourquoi ne me tend-elle pas ses bras ?

Il faut attendre dans le couloir que les autres s'installent. Je dois veiller aux coudes, aux coins de valise qui passent tout près du visage des enfants. Victoire, ma mère, où es-tu ? Je n'ai pas de nouvelles d'elle depuis cinq mois. Je sais qu'elle a faim. Même s'il n'y a pas là-bas de soldats qui vous poussent dans un train, on y ressent aussi les effets de la guerre. On a faim pendant la guerre. On tue, on meurt, on souffre pendant la guerre. La France est en guerre, et la Martinique l'est également. On y souffre, peut-être autrement qu'ici, mais on y souffre. Je ne savais pas que la guerre, ce pouvait être ce train et ce voyage forcé, aveugle.

— *Türe zu, schnell !*

Un coup de sifflet, strident, mais qui ne ressemble en rien à ceux des chefs de gare que j'ai déjà entendus. Le train s'ébranle, doucement, puis, peu à peu, gagne de la vitesse. Nous sommes toujours debout. Nous n'avons pas pris de billet, mais il semble que d'avance notre place nous soit bien réservée, à tous.

3

Transit

— Maman, j'ai faim !

— Moi aussi, maman ! Moi aussi, j'ai faim !

Ces deux phrases me sortent de ma torpeur. Deux phrases quotidiennes, hier encore joyeuses et familières. Tragiques aujourd'hui, et qui me plantent soudain mille petites épingles dans le cœur. Je pense aux poupées de la magie vaudoue : piquées d'épingles, écartelées, crucifiées par la volonté du Mal. À part les morceaux de pain épargnés sur la pitance du matin, je n'arrive pas à me souvenir si j'ai emporté quelque chose à manger avant de partir. Il faut que je fasse l'inventaire de mon sac, glissé sous la banquette où nous avons réussi à nous serrer tous les trois. Je ne peux pas le faire devant tout le monde. Impossible de partager avec tout le compartiment, impossible d'étaler mes richesses éventuelles devant ceux qui n'ont rien. Comment m'y prendre ? Aller aux toilettes ? Je ne retrouverai jamais ma place, et on en profitera pour déloger les enfants. Et puis une telle odeur d'urine flotte dans le couloir et parvient jusqu'à nous ! Les toilettes doivent être occupées sans interruption.

J'ouvre le sac à tâtons sous mes genoux. Je sors

le pain, celui qu'on nous a donné dans le manège et qui est sur le dessus, puis quelques précieux carrés de chocolat, conservés par miracle, que j'ai reconnus sous mes doigts, un peu plus bas. Je demande aux enfants de mastiquer longuement. Le chocolat fond dans leurs mains : ils se lèchent mutuellement les doigts. J'ai l'impression que des dizaines de paires d'yeux les observent.

En réalité, en ce début d'après-midi, chacun s'occupe à nouveau de ses propres affaires. Certains lisent, d'autres tricotent, dorment ou font comme nous, partagent un morceau de pain, un biscuit, un sucre, en silence ou en discutant.

Si nous n'étions pas si serrés, ce train de voyageurs semblerait presque normal. Mais il est plein à craquer, au mépris de toute sécurité, de toute dignité humaine.

En face de moi, un vieux monsieur sort sa montre de son gousset tous les quarts d'heure, d'un geste précis, lent, presque mécanique, avant de se replonger dans sa lecture. Il me fait penser à Victor Schœlcher, l'abolitionniste des Antilles. Mon père avait une grande admiration pour cet Alsacien qui nous avait libérés de l'esclavage. C'est seulement quand il parlait de lui que papa évoquait le passé défendu. Il disait que mon grand-père avait bien connu ce Victor Schœlcher. Son nom figurait dans mon livre d'histoire, suivi de quelques lignes très courtes sur sa vie. Les livres d'école ne parlaient pas de l'esclavage. Pourquoi ? Mon père en parlait très peu, et ma mère détournait chaque fois la conversation. Il n'y avait que mes grands-parents maternels pour me raconter en créole cette époque de l'histoire des Antilles. Mon père voulait voir l'avenir à sa façon, changer la vie comme il pouvait. L'avenir à sa façon, c'était sa fille, c'était moi. « Épouse qui tu veux, Sidonie, mais ne nous ramène pas un Nègre ou un coulis, car tu n'entreras plus ici. N'oublie pas : il y a peu de temps que nous sommes sortis des temps maudits de l'esclavage. Il faut que tes enfants aient une vie plus facile que la nôtre. Il faut qu'ils aient "la peau sauvée", qu'ils aient de l'instruction. Un Français de France, ou un mulâtre, c'est ça qu'il te faut. Tu seras plus heureuse, tu verras, et tes enfants seront plus beaux, plus intelligents. Mais ne mets plus les pieds ici si tu n'es pas mariée, et à plus clair que toi ! » Moi, j'étais jeune. Je ne comprenais pas toutes ces raisons.

C'est peu à peu que j'ai appris. Mon père s'appelait Socrate Coulange, mais il avait comme ancêtre un noble français. On avait retiré la particule de son nom, sa rallonge, ainsi qu'il se plaisait à dire en riant, car il avait un huitième de sang noir. Socrate de Coulange était ainsi devenu sur les registres de la mairie Socrate Coulange. À cette époque-là, aucun enfant issu de mariage co-sanguin entre famille noble française et nègre ne pouvait posséder ni biens ni particule.

J'entends encore la voix douce et aimée de ma mère Victoire me raconter ma naissance : « Tu vins au monde... » Et il y avait aussi les histoires d'avant. D'avant moi. Je vins au monde au lendemain de la guerre de 1914-1918, un jour de Noël. Saint-Pierre se relevait gaiement des ruines du volcan, « la Pelée », qui seize ans auparavant l'avait si cruellement endeuillé.

À son retour de Verdun, Socrate, mon père, avait changé. Il avait vu mourir son frère Thémistocle à ses côtés, lui-même avait perdu une jambe. Il disait que Verdun avait été quelque chose d'horrible et que seule la douceur de Victoire pouvait lui faire oublier cette boucherie aux côtés des tirailleurs sénégalais.

Lorsque mon père avait pris officiellement Victoire en ménage, les ragots étaient allés bon train. Après ma naissance, ma mère avait été de nouveau enceinte, de mon frère Remy. Lui et moi, nous portions le nom de notre mère : Hellénon. Après, maman était allée travailler chez les Dubreuil pour y effectuer des travaux de broderie. M. et Mme Dubreuil, issus de riches familles françaises, étaient installés à Saint-Pierre depuis une dizaine d'années. Ils avaient aussi des biens à Bordeaux et en Louisiane, mais avaient choisi la Martinique pour des raisons de cœur. Les années passent, ils m'élèvent comme leur fille. Il est vrai qu'on me dit douée d'une intelligence particulière. Tout semble me réussir, et au contact des Dubreuil je deviens une véritable demoiselle de la société bourgeoise de Saint-Pierre.

Virginie Dubreuil est certaine maintenant de ne pas pouvoir avoir d'enfants et désire m'adopter. Ma mère s'y refusera toujours.

Je suis ainsi devenue une jeune fille sérieuse et déjà courtisée. Mon rêve : devenir médecin, comme M. Dubreuil. À dix-sept ans, je suis l'une des cinq plus jeunes bachelières de l'île.

La maladie de Virginie Dubreuil – un souffle au cœur – et ma réussite scolaire vont précipiter le retour des Dubreuil en France. Car il n'y a pas de faculté en Martinique. Tout était préparé. Je devais d'abord obtenir un diplôme d'infirmière, le temps de m'adapter à la métropole et de réfléchir, avant de me lancer dans les études de médecine dont je rêvais.

En 1936, le *Saint-Pierre*, énorme paquebot blanc de la Compagnie transatlantique française, emporte les rêves, l'avenir, les meubles créoles et les vies confondues de M. et Mme Dubreuil, ainsi que de Mlle Sidonie Hellénon.

Sur le quai de ce port antillais qui sent bon les cacahuètes grillées, les acras de morue et le macadam, quatre personnes sont venues me dire au revoir.

Remy, particulièrement attaché à Mme Dubreuil – il lui faisait la lecture –, a préféré malgré le départ de ces deux femmes qu'il aime, rester près de sa mère, à Saint-Pierre. C'est à elle, maintenant, qu'il lira de beaux poèmes.

Ma mère, elle, a mis son costume des grands jours, et porte madras et grande robe. Avant le départ, elle vient près de moi avec une petite boîte dans laquelle est contenu un seul bijou, un forçat en or jaune de la Guyane. Elle le passe autour de mon cou :

— C'est le seul bijou auquel je tienne, c'est une chaîne d'esclave. Elle appartenait à mon père. Je l'ai toujours conservée sur moi. Garde-la, elle te portera bonheur tout le temps où tu seras loin de nous. Fais attention à toi là-bas, ne néglige pas tes études, et n'oublie pas que le bonheur pour toi est avec un Blanc qui ressemblerait à M. Dubreuil.

Il y a aussi Tatine, c'est-à-dire Marie-Louise, la jeune sœur de Victoire. Elle est venue pour la soutenir au moment où on larguera les amarres du *Saint-Pierre*. Et il y a enfin un homme jeune, pâle, d'environ vingt-cinq ans, que tout le monde a reconnu : mon demi-frère, Arnaud, l'un des cinq enfants que mon père a eus d'un premier lit.

Arnaud n'a jamais pardonné à son père de l'avoir abandonné, ni les moqueries qu'il a dû subir par sa faute. Tout le monde est étonné de sa présence. Soudain, il se met entre Victoire et moi et me crache au visage :

— Vous avez encore votre mère, la mienne est morte de chagrin à votre naissance ; aujourd'hui vous partez en France... étudier... vous marier peut-être... Moi, Arnaud Coulange, un jour je vous détruirai, vous et votre famille... les Hellénon !

Il a eu un rire monstrueux puis il est parti en courant.

Pourquoi est-ce que je pense à cette histoire aujourd'hui, alors que je suis si loin de la Martinique, dans un train qui me mène je ne sais où ? Pourquoi cette scène reste-t-elle si fort gravée en moi ? Le bateau blanc brillait au soleil, il faisait chaud, les mouchoirs blancs s'agitaient, on pleurait, on chantait : « Adieu foulards, adieu madras, adieu grains d'or, adieu colliers-choux,

Doudou a moin ki ka pati, hélas, hélas, cé pou toujou. »

La mer, d'un bleu intense, se confondait avec le ciel azur. Tandis que dans mon cœur existait une autre confusion : bonheur et tristesse... Tout cela me semble désormais appartenir à une autre vie. Tant de choses depuis ! L'amour. Les enfants. Des études interrompues...

Aujourd'hui, j'ai deux enfants noirs – même s'ils sont plus clairs que moi – qui transpirent dans ce compartiment où nous étouffons. Il n'y a plus d'esclavage en Martinique, je n'ai jamais été esclave. Mais que sommes-nous dans ce train ? Du bétail ?

Nous sommes des prisonniers. Pour la première fois, ce mot me vient à l'esprit. Prisonniers. Et pourtant, c'est le seul mot qui s'impose depuis la nuit dernière. Nous n'avons pas combattu, et pourtant nous sommes des prisonniers de guerre, enfermés, contraints, gardés par de vrais soldats qui ont de vraies armes entre les mains.

Désiré et Nicaise ont commencé à ôter leurs manteaux, leurs chandails, parce qu'ils ont trop chaud. Ils sont en petite chemise. Mais je ne veux pas que les autres les voient ainsi. Je ne veux pas offrir leur peau nue aux regards indiscrets et curieux. Non pas par honte, « la honte noire », mais par simple pudeur. D'autre part, je ne veux pas qu'ils attrapent froid ; il fait chaud parce que nous sommes nombreux, mais le train n'est pas chauffé. Comme tous les enfants du voyage, ils cherchent maintenant une autre occupation, une autre manière d'attirer mon attention. Comme s'ils ne l'avaient pas déjà toute !

— Maman, tu es complètement décoiffée, on peut te refaire tes nattes ?

Ils aiment jouer avec mes cheveux. Généralement cela ne me déplaît pas. Mais ici, maintenant, je ne veux pas plus exhiber mes cheveux que je ne voulais qu'ils montrent leurs bras nus il y a un instant. Pourtant, je ne peux pas dire non à tout et je me laisse faire. À cette heure, ma coiffure est le cadet de mes soucis, mais le chignon rapidement roulé, enfermé dans un filet noir et maintenu par les quatre épingles habituelles, n'a pas résisté à la nuit, au voyage, au bouleversement de notre vie.

Depuis que j'ai huit ans ma chevelure fait l'admiration de tous. Elle m'a valu, enfant ou jeune fille, des compliments qui me faisaient plaisir, mais aussi, le temps passant, des jalousies féroces. Avant d'être mère, je portais une grosse natte. Aujourd'hui, je la partage scrupuleusement en deux parts égales et équitables : un côté pour Nicaise, l'autre pour Désiré. Les visages des enfants s'approchent de moi : je vois leurs grands yeux vifs et clairs bordés d'une rangée de cils noirs, épais et recourbés ; une lueur de joie danse dans leurs prunelles, et pour cette lueur je ferais n'importe quoi. Ils sourient à pleines dents. Désiré en a encore perdu une ces derniers jours ; quant à Nicaise, elle a toujours ce vilain trou sur le devant : c'est de son âge.

— Ça y est, maman, j'ai fini, s'écrie-t-elle.

Elle est toujours plus rapide, plus impatiente

que son jumeau, qui est plus délicat, plus attentionné, et surtout bien plus timide.

Je les presse contre moi, très fort, et je les embrasse à tour de rôle, avec tant de ferveur qu'ils me regardent, soudain inquiets de ce geste qui ressemble un peu trop à un adieu. Mais ils restent contre moi, jusqu'au moment où, presque ensemble, ils se font plus lourds et s'endorment silencieusement.

Un peu plus tard, je profite de leur sommeil pour dégager mes bras, relever mes deux nattes, les croiser et les accrocher sur ma tête.

— J'étouffe, je veux respirer !

Une femme enceinte vient de se lever en criant. Elle se fraie un chemin entre les banquettes et se précipite vers la fenêtre. Un homme se lève pour ouvrir, et dix personnes le suivent pour mettre un instant le nez dans le souffle glacial du soir qui tombe. Ce courant d'air me fait prendre conscience de l'odeur et de la chaleur insupportables qui règnent dans ce train. Mais un soldat s'approche, crie quelque chose. La fenêtre se referme. La femme enceinte retourne s'asseoir.

Nous sommes à nouveau pris au piège des odeurs d'urine et de transpiration. J'ai affreusement envie d'aller aux toilettes, mais je ne peux me résoudre à quitter les enfants. Il y a dans ce wagon une curieuse ambiance, une tension qui monte et qui descend, et qui risque d'exploser au moindre cri, à la moindre plainte.

Beaucoup de gens lisent autour de moi : des romans pour la plupart. J'ai ma bible dans mon sac, je me souviens de l'avoir prise, presque machinalement, dans le tiroir de ma table de nuit. Mais serai-je capable de me concentrer sur ma lecture ? Le livre que j'ai en cours est resté à mon chevet : un roman inspiré des amours de Joséphine et de Napoléon, que ma mère m'a donné avant mon départ, il y a déjà sept ans, et que j'ai retrouvé récemment. Peut-être ne le finirai-je jamais.

J'ai laissé au même endroit mon bien le plus précieux, trois paquets de lettres : les lettres d'amour de Jean, nouées d'un ruban rouge, les lettres tendres de ma mère, nouées d'un ruban bleu, et les rares lettres de mon père, nouées d'un ruban blanc ; les trois couleurs du drapeau français si chères à mon cœur. Il ne me manque que celles que j'ai envoyées, moi, à ma famille. Je les relirais bien maintenant, toutes ces lettres. Les relirai-je un jour ?

Décembre 1936

Chère maman Victoire,

Je commence à m'adapter à ma nouvelle vie dans ce Bordeaux inconnu. Nous sommes allées hier, jour de Noël, à la messe de minuit. J'ai prié pour toi et pour mon petit frère Remy. Comment va-t-il ?

Mme Dubreuil est toujours très heureuse lorsqu'elle reçoit une lettre de Remy.

La cathédrale de Bordeaux est une belle cathédrale, mais je préfère de loin celle de Saint-Pierre. La messe de minuit était servie par monseigneur... Il y avait des chants grégoriens que je ne connaissais pas, cependant tous ceux appris au couvent de Saint-Pierre ne m'ont pas abandonnée...

Le vieux Bordeaux, tout pavé, me rappelle les ruelles de Saint-Pierre. Il y a même un théâtre qui ressemble au nôtre, celui de ta première carte postale. Ils ont tous deux été construits par le même architecte. J'ai appris que les Bordelais appellent le nôtre le Petit Chaperon Rouge.

Cependant, ce pays est pluvieux et glacial. J'ai tout le temps froid. Les gens sont très polis et gentils avec moi. Grâce à la générosité de M. Dubreuil et à la douceur de sa femme, je ne m'ennuie jamais. Ils essaient de me faire rencontrer des gens de mon âge, mais pour l'instant je préfère me consacrer à mes études...

Il y a avec moi, à l'école d'infirmières, une Guadeloupéenne et deux Africaines, mais je ne les fréquente pas, cela n'aurait pas plu à papa...

Vous me manquez tous, je vous aime. Nini.

Janvier 1937

Cher petit frère, mon petit Remy,

... les Dubreuil et moi pensons beaucoup à toi. Mme Dubreuil regrette ta voix pour les lectures que tu lui faisais dans sa berceuse à Saint-Pierre.

Maintenant, je te remplace...

Elle est très malade, et pas seulement du cœur. Je crois que c'est grave...

Hier, dans le mouchoir de dentelle que maman lui a brodé, il y avait du sang...

Elle souffre du poumon. Son mari devient de plus en plus taciturne, c'est pour elle que je vais à la pharmacie presque tous les soirs. Le pharmacien est un beau garçon, il me regarde tout le temps, mais ne dis rien à maman...

Je t'envoie du chocolat français et un disque d'une jeune femme que l'on entend beaucoup à la TSF, elle s'appelle Joséphine Baker. Elle est très grande, très belle, mais elle danse nue, avec des bananes autour des hanches. Les Métropolitains la trouvent fantastique, moi, j'aime sa voix à la radio, mais moins les photos d'elle que j'ai vues dans les journaux.

Je reprendrai ma lettre demain, c'est l'heure du thé de Mme Dubreuil.

Heureusement, grâce à ma mémoire, il y a beaucoup de ces lettres que je me rappelle par cœur, presque entières, comme des poèmes.

J'ai aussi laissé derrière moi mon cahier de poésies antillaises et les *Merveilleuses Antilles* de Saint-John Perse. Je n'ai dans mon sac de voyage, en plus de ma bible, qu'un carnet de moleskine noire, tout à fait banal, à ceci près que les pages en sont blanches. Aurai-je le temps, le loisir, l'envie, de le noircir ? En tout cas, j'ai commencé à y inscrire quelques lignes, pour m'occuper, avec le petit crayon qui l'accompagne.

Dans ce train, je passe de longs instants isolée du reste du monde, enfermée à l'intérieur de moi-même. Puis, pendant quelques minutes, j'observe mes compagnons. Ou alors je m'abîme dans la contemplation de mes enfants jumeaux.

Les traits de leurs visages sont inscrits, gravés en moi : je les regarde parfois les yeux ouverts, parfois les yeux fermés. Désiré, je l'appelle tendrement Doudou – deux fois doux, comme jumeau de sa sœur et aussi de mon cœur. Il ressemble à son père ; il cache sous ses paupières brunes de grands yeux bleus interrogateurs, rêveurs ; il a le front immense, presque altier, les pommettes hautes et la bouche épaisse, charnue ; il a une ossature très fine et déliée, et aussi cette timidité que l'on prendra sans doute souvent, plus tard, pour de l'arrogance. Qui pourrait dire que Nicaise est sa jumelle ? Elle a l'air un peu plus âgée, et ressemble à ma mère : elle a sa peau couleur grain de café ; son nez est presque aquilin, et ses lèvres sont fines. Je crois que ce que je préfère, c'est la couleur de ses yeux : à la fois brune, jaune et orangée ; cette couleur tachetée d'or lui fait un regard à la fois vif et romantique. Ses rondeurs et la rapidité de ses réactions m'ont toujours rassurée, je ne sais pourquoi. Même dans ce train, endormis, mes deux enfants débordent d'amour, de santé. Moi, je déborde d'angoisse et d'inquiétude, mais il ne faut pas qu'ils le sachent.

Je viens d'ouvrir les yeux : une jeune fille très brune me regarde, puis me sourit. Elle doit avoir vingt-huit ans. Depuis des heures, elle est debout sans bouger, sans parler, pas très loin, face à moi. Son visage entouré de boucles brunes est franc, ouvert ; je pense qu'en temps normal il doit être également rieur. Elle porte des petites lunettes rondes en écaille qui lui vont bien :

derrière les verres, des yeux en amande, immenses, d'un bleu intense. De ce regard, de la bouche charnue, aux lèvres ourlées, bien dessinées, se dégage une sorte de gaieté enfantine. Malgré sa petite taille et son regard vivant, pénétrant, un peu malicieux, il se dégage d'elle une expression souveraine, assurée. Elle incarne la vie, la vie qui ne doute pas d'elle-même.

Alors que je baisse les yeux sur les enfants, je sens une mèche de cheveux me caresser le front : la jeune fille est penchée sur moi, et me parle doucement :

— Si vous voulez bouger et vous lever, je prendrai votre place quelques minutes pour veiller sur les enfants.

Elle s'interrompt un instant et sourit avant de reprendre :

— J'ai l'habitude, vous savez, je suis institutrice. Je m'appelle Suzanne.

Elle dit cela pour me rassurer, comme si elle avait compris que, malgré cet air de bonté, cette gentillesse et cette grâce que j'ai pressentis en elle, j'hésite à confier mes enfants à une inconnue. Mais elle n'est déjà plus une inconnue : elle a deviné que je n'en pouvais plus de me recroqueviller, de me contenir.

— Mon nom, c'est Sidonie. Eux, c'est Nicaise et Désiré. S'ils se réveillent, expliquez-leur que je reviens tout de suite. Je ne voudrais pas qu'ils aient peur. Savez-vous où sont les toilettes ?

— Oui, hélas ! tout droit par là, et à gauche.

Tant bien que mal, j'entreprends de traverser cette marée humaine ; j'enjambe les sacs, les valises, des gens allongés par terre, des enfants aussi. Au moindre mouvement du train, je dois me rattraper à des bras, à des pans de vêtements, et je me fais bousculer violemment lorsqu'un faux mouvement m'entraîne à marcher sur un pied ou sur une main.

On me fait des réflexions, sans me regarder, ou en me regardant à deux fois. La masse humaine est compacte, humide, homogène, presque solidaire physiquement, mais pas moralement. Je mets un bon quart d'heure pour parvenir au bout du couloir. Pourtant le plus difficile reste à faire : nous sommes une dizaine à attendre.

C'est l'horreur ; la puanteur qui envahit le train vient de là. Il y a devant moi une jeune fille d'une quinzaine d'années ; elle est pâle, très pâle, presque verte. La jeune femme enceinte de tout à l'heure arrive derrière moi ; sans réfléchir, je lui laisse ma place si chèrement gagnée ; elle me dit qu'elle a mal aux reins, au ventre. J'entends de tout petits enfants qui pleurent ; je tends l'oreille, mais je ne reconnais pas la voix des miens. Cette masse humaine est pitoyable et manque de l'essentiel : un peu d'air, un peu d'oxygène.

Les soldats sont indifférents à tout. Ils comptent, ils continuent de compter, ils n'arrêtent pas de compter.

Au fur et à mesure que je m'approche, l'odeur est de plus en plus forte. Quand je pense qu'à un moment ou à un autre il va falloir que je revienne avec les enfants !

La femme enceinte vient de sortir ; c'est mon

tour. Elle me glisse quelque chose dans la main, quelque chose qui bruisse et frissonne entre mes doigts et que je regarde discrètement : un petit morceau de papier. C'est sa manière de me dire merci pour lui avoir cédé ma place.

En entrant, je comprends pourquoi Suzanne a dit « hélas ! » tout à l'heure. L'odeur, autant que la vue, est insoutenable.

Je ne peux pas retenir les larmes qui roulent à flots sur mon visage. Je vois le fleuve de mon enfance, la Roxelane, l'eau pure ombragée de quenettiers, bordée de goyaviers, l'eau qui coule au pied de ma montagne sacrée, de ma montagne Pelée. Fleuve Roxelane, existes-tu toujours ? Es-tu déjà aspiré par le monstre qui te domine, par la Pelée ? Et moi, est-ce que j'existe encore ? Suis-je encore une femme ? Comment s'appelle le monstre qui va m'aspirer ? Qu'adviendra-t-il de mon silence et du silence de mes enfants lorsque le volcan explosera ?

Air pur, air frais, air chargé des parfums des fleurs d'orangers, d'orchidées sauvages, d'acacias de mon île, pourquoi me manques-tu à ce point ? Sources ombreuses, parfums d'herbes, incantations, évocations...

Je sais maintenant, je viens de le découvrir, qu'un vers, un peu de poésie, permet parfois de ne pas mourir de chagrin, de honte et de désespérance dans l'endroit le plus sordide du monde : « Je suis née dans une île amoureuse du vent où l'air a des senteurs de vanille et de cannelle. »

On frappe à la porte. Les autres, c'est vrai, les autres. Je déchire mon morceau de papier en deux ; à toute vitesse, je frotte mes bas maculés de vomissure ; je garde pour mes enfants le reste du précieux cadeau de la femme enceinte.

Le chemin du retour est aussi difficile que celui de l'aller. Il est ponctué de disputes. Je suis grande, mais j'ai beau me hisser sur la pointe des pieds, je n'arrive pas à apercevoir mes enfants. Une bonne heure s'est écoulée depuis que j'ai quitté ma banquette. Ça y est, je devine, plutôt que je ne les vois, les deux têtes brunes. Eux ne me voient pas. Ils sont réveillés ; debout devant une banquette et tentant de jouer, à la finesse, à colin-maillard, ou à je ne sais quoi. Je me dépêche d'arriver jusqu'à eux.

— Maman, te voilà, viens jouer avec nous.

Suzanne est déjà debout. Mais je n'ai pas envie qu'elle s'éloigne, je voudrais lui parler d'elle, de moi, de nos vies si éloignées, réunies dans ce train. Une pudeur me retient. Elle est une inconnue ; cette promiscuité fortuite ne va pas durer, alors pourquoi se lier si vite et pour si peu de temps ? Mon éducation antillaise me pousse à la réserve, au respect des usages, à une certaine méfiance, à la considération de l'indépendance d'autrui. Nicaise et Désiré sont déjà comme moi, comme ma mère surtout.

Je demande aux enfants de se rasseoir. Je m'aperçois qu'il en est temps, aux regards exaspérés qui se glissent vers eux. L'univers de ce compartiment n'a rien d'enfantin ; et les enfants qui sont dans ce train ont déjà un passé aussi lourd que celui des adultes. Jeunes ou vieux, nous avons tous le même âge, et nous faisons le même voyage.

Je sens venir le moment des disputes, des énervements d'enfants. La solution, ici comme à la maison, c'est de raconter une fable, une histoire, un conte créole. Mais je n'ose pas parler devant tout le monde, éveiller ceux qui sommeillent. Et les histoires que je sais ont un aspect merveilleux qui me semble hors de mise ici. Pourtant, je me dis que tout à l'heure, aux toilettes, c'est le merveilleux qui m'a permis de tenir, de ne pas m'évanouir, de supporter la réalité. Et puis y a-t-il un lieu précis, privilégié pour les récits fabuleux dont la fonction est justement de permettre l'évasion hors de tout enfermement, hors de toute contrainte ?

Je sais que l'histoire de Sibelmon va régler leur différend.

— Un jeune homme du nom de Sibelmon, fils unique d'une riche famille de France, avait pour seule occupation la chasse, la chasse aux oiseaux, aux beaux oiseaux en particulier...

La pénombre envahit doucement le compartiment. Je parle très bas. Mais comme tout le monde s'est tu, on n'entend plus que ma voix. Je baisse le ton jusqu'à ne plus émettre qu'un souffle avant de me taire tout à fait. Je pose un regard inquiet sur le visage de mes voisins : leurs traits ont disparu. Ceux de Suzanne aussi ont disparu, mangés par l'ombre et par ses cheveux. Chacun semble figé sur place. Pendant un instant, je me demande si je n'ai pas une hallucination. Et je comprends soudain : le rythme de marche du train, imperceptiblement, s'est mis à ralentir au moment où je commençais mon histoire. Tout le monde tend l'oreille pour interpréter ce changement d'allure, tout le monde tend le cou vers les fenêtres. Il est certain que, momentanément ou définitivement, nous allons nous arrêter. Quelques masses sombres de maisons, ou d'immeubles, ou d'usines, défilent derrière les vitres, à petite vitesse. Le vieux monsieur, en face, a été obligé d'abandonner son livre en raison de l'ombre grandissante. Mais il sort encore une fois la montre de son gousset ; à mon avis, il ne doit pas y lire grand-chose.

Ce n'est donc pas à mon histoire que mes voisins tendent l'oreille, c'est à cette sorte d'essoufflement du destin accompagné de la chute du jour. Notre voyage ne tient plus de l'anecdote. Le temps écoulé, que nous évaluons soudain au moment où il semble vouloir s'arrêter, lui donne une autre dimension. Après un voyage normal, il serait l'heure de chercher une table, un hôtel, une chambre d'ami, ou d'aller « Kaye maman ».

Je supporte très mal de ne pas avoir fait ma toilette. Je me sens poisseuse, nauséabonde, misérable. Et aussi, comme tout le monde, prise d'un espoir : si le train s'arrête, si le temps s'arrête, c'est que le voyage s'arrête aussi. Nous allons tous descendre, et reprendre chacun le cours normal de notre itinéraire propre.

Le train a stoppé quelques minutes ; il repart maintenant au pas. Les portes se sont ouvertes, des soldats descendent en marche. Il y a un grincement prolongé, et, malgré la faible vitesse, un arrêt total et brutal : nous sommes tous secoués, projetés les uns contre les autres.

Dehors, il y a du monde, des constructions, une vie houleuse, mais aucune lumière. Compte tenu du temps pendant lequel nous avons roulé, je pense que nous ne devons plus être très loin de la région parisienne, du moins si nous avons roulé vers le nord.

— *Schnell ! Schnell !*

Le cri que je redoute claque à nouveau. Sortir, nous devons sortir. Nombreux comme nous sommes, l'opération va prendre du temps. Je ne veux pas piétiner inutilement dans un couloir avec les enfants. Je décide de rester assise, d'attendre que tout le monde se lève, descende, pour ne rejoindre le mouvement qu'au dernier moment. Nos voisins sont déjà debout. On enfile les manteaux, on ramasse les paquets, on se débarrasse des détritus sous les banquettes. J'imagine l'état dans lequel nous allons laisser ce train.

Un soldat s'avance vers moi, pointe son doigt dans ma direction, puis, avec un geste qui évoque le coup de balai, se met à hurler : « *Schnell ! Raus !* » Il faut que nous nous levions avec les autres.

Une fois sur le quai, car ici il y a des quais, il faut bien se rendre à l'évidence : ce n'est pas une arrivée, c'est un transfert. Nous devons courir. Les ordres claquent, plus secs, plus impérieux que jamais. Je parviens pourtant à m'isoler, en bordure de la voie, pour faire faire pipi aux enfants. Personne n'a rien remarqué, hormis Suzanne. Sans un mot, elle nous attend, nous emboîte le pas, pousse Désiré devant elle. Sa présence me rassure : elle a l'air calme et ses gestes sont pondérés, malgré la cohue.

On nous fait courir encore jusqu'à une sorte de grande cour. On nous répartit par groupes, au hasard, au hachoir. Je serre les enfants contre moi, et Suzanne se rapproche, pour que le moindre espace entre nous ne provoque pas la dispersion. Il y a des autocars parqués ici. Les moteurs tournent, mais les feux sont éteints. Les gaz d'échappement sont difficilement supportables, mais qu'importe, après les odeurs du train.

Je me retrouve assise à l'arrière d'un car, les deux enfants sur les genoux. Suzanne est en bordure de l'allée, devant la banquette. Dès que nous avons démarré, je comprends pourquoi elle s'est mise là : à chaque coup de frein, à chaque changement de vitesse, d'allure ou de direction, les personnes restées debout se plient en deux et tombent brutalement sur celles qui sont assises. Suzanne s'arc-boute de toutes ses forces pour nous protéger tous les trois. Comment a-t-elle deviné que les choses allaient se passer ainsi ? L'habitude de faire voyager ses élèves, peut-être...

Nous roulons maintenant dans une obscurité totale, et sans phares, sans éclairage. Il ne doit pas être très tard, mais il me semble que nous sommes à nouveau en pleine nuit, en plein cauchemar. La lumière du jour est crue, cruelle, impitoyable souvent, mais elle ne révèle que ses propres réalités, ses propres dangers. Avec la nuit, les angoisses, les suppositions, les doutes prennent corps et vont grossir l'armée des terreurs bien réelles.

Ce nouveau voyage n'a déjà plus rien de nouveau : l'inconfort, la presse, la chaleur, les odeurs, les questions, le silence qui laisse parler les moteurs bruyants. Rien qui n'ait déjà été vu, vécu, supporté, dans les camions, dans le manège, dans le train : on accepte, on s'habitue vite.

Environ deux heures plus tard, les cars arrêtent leur course. Devant une gare : cette fois-ci, j'en suis certaine ; elle est faiblement éclairée. J'entends quelqu'un dire que nous sommes à Bobigny. D'autres le mettent en doute et avancent les noms de Drancy, de Compiègne. Je ne sais pas. C'est une immense gare sombre, morne, sinistre. Dans l'autocar, l'atmosphère est tendue, personne ne bouge. Le spectacle nous ahurit. Dehors, il y a beaucoup de monde, vraiment beaucoup de monde. Des soldats allemands, des officiers, des SS, et des civils, qui visiblement ne se rangent pas du côté du troupeau, mais du côté des chiens de garde. D'ailleurs, tout ce monde aboie, plus que jamais.

On aboie pour nous déloger de notre car, d'où nous regardons cette gare comme une chose qui ne nous concerne pas encore.

— Nous allons reprendre un train ?

Nicaise s'est réveillée, et son frère aussi. Il m'attrape par le cou et murmure à mon oreille :

— Maman, j'ai très faim, tu sais.

— Je sais, mon chéri. Mais il faut attendre un peu.

Schnell ! Schnell !

Cette fois-ci, c'est un officier qui s'arrête à l'entrée du véhicule et qui hurle en français :

— Sortez de cet autocar !

Je n'ai jamais vu une foule si dense, si nombreuse, si haletante, si résignée, et surtout si grise, si désespérément grise. Nous traversons la gare. Suzanne est toujours près de moi. Elle tient Désiré par la main. Nous n'échangeons plus un mot, plus un regard, mais je sens que nous sommes désormais quatre, deux enfants, deux femmes, une petite communauté dans la foule, un peu plus qu'une famille. Vus d'un peu loin, je suis pourtant sûre que nous n'existons plus. Nous sommes noyés dans une masse humaine qui traverse la gare, les quais, les voies. Nous sommes à nouveau devant un train, devant des wagons. Je n'arrive pas à comprendre : ces wagons-ci sont aveugles, sans vitres ; ce sont des wagons de marchandises...

Instinctivement, je porte la main à la médaille que je garde au cou : « Ô Marie, conçue sans péché, priez pour nous. » Suzanne ne me quitte pas des yeux. Nicaise se met à pleurer. Nous nous penchons vers elle, ensemble, pour la consoler, mais nous ne savons pas quoi dire. Moi-même je suis incapable de prononcer autre chose que les mots de la prière qui continue de se dérouler toute seule, comme malgré moi.

Notre groupe attire l'attention d'un soldat ; il s'approche, nous regarde une fois, deux fois, il hésite. Mon cœur bat follement au rythme d'un espoir qui revient : ça y est, il va nous dire que nous n'avons rien à faire ici, qu'il faut que nous rentrions chez nous, tous les trois... Tous les trois ? Et Suzanne ? Je ne vais pas laisser Suzanne ici ? Ce n'est pas possible. Nous ne sommes plus simplement une famille de trois Noirs injustement embarqués dans une rafle, nous faisons partie d'une communauté. Familière déjà, étrangère encore, Suzanne est le maillon entre nous et les autres ; son destin est le nôtre et celui de tous. Suzanne est-elle juive ?

Le soldat dévisage les enfants, il me toise, ignore Suzanne. Mais ce regard ne correspond pas aux paroles que j'attends, que j'imagine.

— Espèces de cochons ! Montez ! Montez là-dedans, vite !

4

Un train de marchandises

Mon dernier soupçon d'espoir s'évanouit. Ils l'avaient bien dit, la nuit dernière, dans la cuisine du château : « La même cochonnerie, la même engeance. » Rapidement, j'évalue le nombre des wagons : une trentaine, et nous sommes un peu plus d'une cinquantaine à attendre devant chaque wagon. J'ai froid, j'ai chaud, je transpire. Il est clair que les choses basculent, vraiment, maintenant. Malgré l'horreur et la brutalité de notre « enlèvement », tout avait gardé jusqu'ici une apparence de banalité, la banalité de la guerre, la vie quotidienne d'un pays occupé. Il n'est pas si étrange, au fond, de voir des soldats. Il n'est pas si étrange de prendre un camion, de prendre un train de voyageurs, un autobus, même bondés, même de nuit.

Mais un train de marchandises, un wagon à bestiaux, ça, non !

Avec ce train, cette grosse et longue chenille grise lourdement posée sur la voie, c'est la vie qui déraille.

Et nous serions près de deux mille à voir notre vie dérailler ainsi. Je n'ai plus la notion du temps, du temps à venir. Je ne pense qu'aux enfants, à leur chaleur, au simple fait que cette chaleur signifie que nous sommes en vie.

Nous nous asseyons tous les trois dans un coin du wagon, sur de la paille et de la sciure mêlées. Des hommes, des femmes, des enfants continuent eux aussi à monter. Ils se tirent, se poussent mutuellement, laissent échapper de grands soupirs d'effort : la marche est haute et beaucoup sont âgés.

Suzanne reste debout, à nos côtés. Comme moi, elle dévisage ceux qui entrent, ceux qui viennent s'installer près de nous, avec une certaine sérénité que je m'efforce d'imiter, parce que j'ai remarqué que Nicaise et Désiré tournent maintenant plus souvent leur visage vers elle que vers moi. Son calme apparent doit les rassurer.

Un couple vient de monter avec difficulté, et se fraie un passage jusqu'à nous pour venir s'asseoir. Mon cœur se met à battre très fort. Il me semble que je connais ces deux visages. Je désespérais de retrouver les Dubreuil lorsque nous n'étions que quelques centaines, par quel miracle pourrais-je rencontrer des visages connus maintenant que nous sommes des milliers ?

Pourtant ces deux visages me paraissent familiers. Ils provoquent en moi un sentiment douloureux que je n'arrive pas à déterminer. Elle est assez grande, mais maladive, très pâle. Elle pose sur moi ses yeux énormes, très bleus, intenses ; son regard n'est pas doux. Elle est peut-être gênée par mon insistance, ou alors elle n'aime pas la couleur de ma peau. C'est une femme habituée à dominer, à commander, on le sent.

Même son entrée dans ce wagon sordide a quelque chose d'imposant. Et l'impression qu'elle donne, de tout son être, c'est qu'elle maintient un rang, une position, et cette attitude, si elle ne provoque pas la sympathie, force l'admiration. Elle doit avoir près de soixante ans. Son mari est un peu plus âgé, plus frêle, mais très élégant. Il tremble, et des larmes coulent le long de son visage. Tous les deux sentent l'argent et la puissance, même ici, hors de tout contexte. Et c'est justement le contexte qui me manque pour les identifier. Je connais le coin de cette bouche, je connais cette qualité de cheveux, et cet œil bleu, tellement bleu...

D'autres couples montent encore, et des adolescents, souples et vifs. Certains passagers sont déjà laminés par le voyage. D'autres, semble-t-il, ignorent qu'il y a un voyage. Vies ratées, réussites sociales, inconsciences, chagrins, fortunes, misères matérielles, espérances et projets : tout vient échouer ici, sur la paille, dans la sciure. Tout est bouclé, pêle-mêle, et va être expédié, comme un vulgaire colis. Où ? Au diable ! Car c'est au diable que je pense maintenant.

Un homme veut redescendre, qui tente d'inverser le flux : il demande pardon, explique qu'il vient d'être séparé de sa femme, qu'il doit la rejoindre dans un autre wagon, que quelques secondes auparavant elle était encore derrière lui : « Une jeune femme blonde, pas très grande, jolie, l'avez-vous vue ? Avez-vous vu ma femme ? Blonde, jolie... Pardon, pardon, je voudrais descendre... Excusez-moi... » Personne ne l'entend, personne ne lui répond. Il est bien trop poli, bien trop discret. Son désespoir si pudiquement exprimé me bouleverse. Je serre les jumeaux, très fort, très fort contre moi, à leur faire mal : la séparation, c'est ce qui pourrait nous arriver de pire. Ou de meilleur ?

— Maman, pourquoi pleures-tu ?

— À cause de l'homme, là-bas, qui cherche sa femme, mon chéri, j'ai de la peine pour lui.

— Oui, je l'ai vu. Mais elle doit être dans un autre wagon, sûrement, et il la retrouvera à l'arrivée.

L'arrivée ! Désiré pense à l'arrivée. Il me regarde bien en face, avec ses grands yeux bleus.

— Moi je crois qu'il va la retrouver.

Mon Dieu ! Ces yeux, ce regard : ils ressemblent tant à ceux de la femme qui est montée tout à l'heure. Je me retourne vers elle. Elle était en train de regarder, elle aussi, le visage de Doudou. Et elle se détourne avec un petit pincement des lèvres. Je sais maintenant où j'ai vu ce couple : sur des photos. Ils posaient dans le jardin, dans les salons d'une belle et grande maison bourgeoise de la région parisienne. Le cœur me cogne dans la poitrine à nouveau. Il n'est pas possible, il serait invraisemblable que ce soient eux, les parents de mon Jean. Comment juger d'après des souvenirs de photos ? Une vague ressemblance, ce n'est probablement que cela. Et peut-être aussi l'accumulation de toutes les blessures de ces heures écoulées qui réveille soudain la grande, la seule vraie blessure de ma vie. De toute manière, que ce soit eux ou un autre couple qui leur ressemble, ils pourraient être les grands-parents de Nicaise et de Désiré.

Ce sentiment douloureux qui se cherchait dans ma mémoire, c'est cela : la rancœur et le chagrin d'avoir été rejetée par des gens qui ne me connaissaient même pas, qui ne m'avaient jamais vue, qui ne savaient qu'une seule chose : l'amour de Jean pour moi. Et si c'était ainsi, dans ce train, dans ce cauchemar, que je rencontrais pour la première fois ceux qui auraient pu être mes beaux-parents bien-aimés, qui auraient pu être – qui sont peut-être – les grands-parents des jumeaux ? Une intimité plus ou moins pacifique nous serait imposée par la guerre, alors qu'en temps de paix, hier presque, c'était la guerre entre nous, entre eux et nous. Ici, pas de faux-semblant, pas de politesse, il faut vivre ensemble, de gré ou de force. S'il leur déplaît que je sois noire, que j'aie mis au monde deux enfants à peine plus clairs que moi, il faut aujourd'hui qu'ils l'acceptent, comme ils acceptent tout le reste.

Mais je me fais peut-être des idées, je me raconte des histoires : ce couple et moi n'avons sans doute en commun que ce train, cette sciure qui commence à nous coller à la peau, et l'incertitude quant à notre destination.

Brusquement, je me dis que si je leur parle, que si vraiment ils sont les parents de Jean, ils me diront où il est, ce qu'il fait... Des nouvelles, enfin des nouvelles ! Donnez-moi de ses nouvelles !

Mon amour, où es-tu ?

Toute cette histoire de ressemblance, ça n'était peut-être, au fond, qu'une manière de penser à Jean, d'évoquer Jean, d'invoquer le nom et le souvenir de Jean. Un jour de 1937, voilà plus de six ans déjà, nous nous étions rencontrés aux fiançailles de Gertrude Dubreuil. Et j'avais eu envie de faire partager cette rencontre à toute ma famille.

Janvier 1937

Petit Remy,

Pour la première fois, je suis sortie dans le monde en compagnie des Dubreuil. C'était un après-midi à la campagne, nous étions invités aux fiançailles de Gertrude Dubreuil, la petite-nièce de M. Dubreuil.

Je ne m'attendais pas à leur invitation. J'ai d'abord refusé. Virginie Dubreuil a alors ouvert son armoire à glace en me disant : « Je sais, Sidonie, vous aimez les jolies robes en soie, et vous n'en avez pas encore. Comme vous êtes une jeune fille, le rose pâle vous ira bien. Vous retirerez le collier de votre mère, voici mon cadeau de Noël, ne dites rien, laissez-moi le passer autour de votre cou, ce sont des perles qu'il vous faut pour cet après-midi... »

Des perles de bonheur, cher Remy, ont glissé le long de mes joues, et, très fière, j'ai accompagné dans leur Citroën noire mes parents « adoptifs ».

La maison du frère de M. Dubreuil était toute fleurie par de gros bouquets de roses blanches. Dans une petite corbeille en argent remplie de pétales de roses se cachait la bague de fiançailles. Lorsque Gertrude la trouva, elle embrassa son fiancé, puis vint montrer sa bague d'abord à sa mère, à sa future belle-mère, enfin à l'assistance.

On ouvrit du champagne, du bon champagne de France... ce fut la fête...

Février 1937

Chère tatine,

Nous sommes aujourd'hui mardi gras et dans cette ville il ne règne pas la même atmosphère qu'à Saint-Pierre pour fêter ce digne jour. Mes examens approchent et je travaille beaucoup.

À Bordeaux, en ce moment, il est beaucoup question de politique, tous les journaux parlent d'événements graves... même de guerre probable. J'ai la nostalgie de ma ville, et je me rappelle le temps où nous courions en diablotines, tout de rouge vêtues...

C'était le temps des premières œillades dans les rues ruisselantes de joie. Je ne regrette pas d'avoir suivi M. et Mme Dubreuil, mais parfois mes livres d'études, mon seul refuge, me pèsent. J'ai envie d'avoir une amie, mais les gens ne sont pas communicatifs ici comme dans l'île.

La seule personne qui me sourit et me parle toujours très gentiment est le monsieur de la pharmacie, M. Jean...

Juin 1937

Maman chérie,

Je viens de finir avec succès ma deuxième année d'infirmière.

Je suis très heureuse. Et toi ?

Je connais deux bonheurs en ce moment. Toi qui as toujours su me comprendre et m'écouter, je voulais que tu sois la première à savoir qu'il m'arrive quelque chose de merveilleux. Depuis un mois, je me sens transportée d'amour, tout en étant paralysée dès que je le vois. Je crois, maman, que je suis tombée amoureuse de M. Jean, le pharmacien.

C'est aux fiançailles de Gertrude Dubreuil qu'il m'a parlé pour la première fois. Je baissais la tête et ne voulais pas le regarder. Tu m'as toujours dit qu'il ne fallait pas regarder les hommes dans les yeux et ne pas répondre à leurs questions si nous n'avions pas été présentés auparavant.

C'est le frère du fiancé de Gertrude qui me l'a présenté... mon cœur bat si fort... c'est si bon.

Il a dit que dimanche prochain il m'amènerait au cinématographe si M. et Mme Dubreuil nous y autorisent.

Je t'écris, maman, pour avoir ton approbation. Réponds-moi vite, ta fille qui t'aime, Nini.

Février 1938

Chère maman,

Je suis maintenant moins malade qu'au début de ma grossesse.

Le docteur dit, et je le sens, que je vais accoucher dans un mois. Si je pouvais faire une photo, je te l'enverrais. Hélas ! cela coûte trop cher et j'ai honte de mon état.

Je sais que tu m'as comprise et pardonnée, mais lorsque je repense à mon père Socrate, je sens peser sur moi honte et déshonneur.

Quand reverrai-je le soleil de ma Martinique et le sable noir des plages du nord de l'île ? Quel avenir pour l'enfant que je porte ? Je n'ai jusqu'à ce jour aucune nouvelle de Jean. Il disait m'aimer. Mais est-ce raisonnable de s'aimer quand on vient d'origines si lointaines ? Après plusieurs mois de rendez-vous et de rencontres secrètes, il a disparu lorsque je lui ai appris que j'étais enceinte. Il a pris prétexte des rumeurs de guerre, mais je sais qu'il nous a abandonnés. Sa mère ne voulait pas entendre parler de notre mariage. En fait, ni sa famille ni lui ne voulaient d'une Noire et de petits-enfants de couleur portant le nom des de Bordes. Malgré cela, je suis heureuse, maman, de sentir bouger en moi cette vie. Si c'est une fille, elle s'appellera Nicaise, si c'est un garçon, Désiré.

Les Dubreuil disent que leur situation au cœur de Bordeaux est trop fatigante pour Mme Dubreuil. Nous allons bientôt déménager et aller vivre dans une de leurs propriétés située dans les vignobles bordelais. Je ne connais pas encore l'adresse. En attendant, écris-moi toujours ici, je viendrai chercher mon courrier une fois par semaine chez la concierge, Mme Cécile. Je t'aime, maman. Embrasse bien fort tout le monde là-bas, ta fille bien-aimée, Sidonie.

On a fait rouler les portes du wagon. Nous sommes tous dans la pénombre, muets, moites, et l'air nous manque déjà. Les bruits, les voix du dehors nous parviennent de très loin. Des cris, des ordres, des bruits sourds contre les parois. Bouclés, nous sommes bouclés comme des porcs. Les wagons sont cadenassés et la serrure plombée. Lorsque le train s'ébranle, nous chantons en chœur *la Marseillaise*.

La température s'élève vite. Le wagon est violemment ébranlé. Ceux qui sont encore debout tombent presque tous. Il y a des plaintes, des gémissements, des cris. Quelqu'un dit :

— Je crois que nous devrions tous nous asseoir.

— Facile à dire ! Il faudrait qu'il y ait assez de place !

Cette seconde voix est celle d'une femme, ironique, acariâtre, et aussi désespérée. L'autre voix, la première, douce, grave, impérieuse, reprend :

— Si nous ne nous organisons pas, nous allons tous mourir.

Mes yeux ne sont pas encore habitués à l'ombre, et je ne vois pas qui parle. Mais il semble que naturellement, malgré elle, notre communauté misérable se soit déjà trouvé un chef. Et ce chef invisible a pour la première fois prononcé un mot que nous avions tous gardé ancré dans notre chair, dans notre âme, dans notre imagination : mourir.

Personne ne parle. Je n'entends plus que des halètements et le bruit lancinant des roues sur les rails. Je passe mes mains sur le visage des enfants : leurs paupières sont closes, mais elles frémissent ; ils ne dorment pas ; ils sont lovés contre moi, presque sur moi, presque en moi, comme avant leur naissance. Une somnolence pesante et incontrôlable s'abat sur nous tous : le poids de la chaleur et de l'impuissance. Mais cette indolence est fiévreuse, instable, comme celle d'un volcan. Il suffirait d'un incident pour que tout explose. Aussi chacun évite-t-il de parler, de bouger, presque d'exister. Moins on existe, moins on est susceptible de mourir : c'est la pensée idiote qui me vient. Mourir...

Le mot continue de résonner dans ma tête – ou entre les parois de ce wagon, je ne sais pas. La mort est présente parmi nous : c'est elle qui sent mauvais, c'est elle, ce malaise, cette fièvre. Elle va frapper, j'en suis sûre. Elle est ici, enfermée avec nous, et elle empeste, elle suinte, elle transpire. Elle n'émane pas seulement des mauvaises odeurs. Dans le train précédent, les odeurs étaient pires encore, mais elles étaient humaines, vivantes, organiques. Maintenant, ça sent moins mauvais, mais ça pue la mort.

Les regards s'accoutument à l'obscurité. Il y a des sortes de soupiraux qui s'ouvrent très haut, près du plafond. Il y en a quatre, mais ils sont petits, insuffisants pour nous approvisionner en air frais. Ils laissent entrer une faible lueur, une sorte de clarté nocturne invariable depuis que nous avons quitté les zones urbaines. Mais nous sommes toujours à proximité de grands nœuds ferroviaires : nous changeons sans cesse de voie ; les vibrations des roues sont plus fortes lorsque nous passons sur un aiguillage ; c'est pourquoi personne ne peut rester debout longtemps.

Les enfants se sont réellement endormis. Je me penche tout doucement pour voir ce que fait Suzanne. Elle est assise, adossée à la paroi, juste en face de la porte ; elle se tient droite, raide, et ses yeux sont grands ouverts. Elle tourne le visage vers moi : elle a ôté et rangé ses lunettes, tout à l'heure, pour éviter qu'elles ne soient cassées dans la bousculade ; la luisance mouillée de ses yeux s'éclipse une seconde : je devine qu'elle vient de me faire un signe des paupières, comme un sourire des yeux ; mais nous n'osons pas rompre le silence ; et nous n'avons rien à nous dire, sinon que nous sommes ensemble ; c'est peu, mais c'est important.

J'entends des soupirs, des bruits de vêtements froissés, tassés, des essoufflements pénibles. Beaucoup cherchent à se déshabiller, à quitter vestes, manteaux, pulls. La chaleur... Avec elle, bientôt, il va y avoir le manque d'eau. Et avec les problèmes d'eau, si le voyage dure plusieurs heures, d'autres problèmes vont surgir : notre survie dans ce lieu clos, sombre, inexplicable.

J'ai moi aussi très envie d'ôter mon manteau, de dévêtir les enfants, mais je ne veux pas les réveiller, je ne veux pas faire de bruit, participer au grouillement sonore de ces hommes et de ces femmes qui soupirent, soufflent, souffrent, ronflent, râlent de plus en plus bruyamment.

Je retiens mon souffle, autant que je peux. J'ai peur. J'ai peur de ce qui va se passer dans cet univers clos, odieux, injuste, qui appelle la révolte, et qui n'a à offrir aux révoltés que des boucs émissaires innocents.

5

La mort

— Marc ! Marc !

Un cri qui fait mal comme un coup de coutelas. Ce cri me réveille à moitié ; je n'ai pas encore ouvert les yeux ; les questions défilent très vite derrière mon front et mes paupières. Qui est Marc ? Pourquoi mon corps ne répond-il pas ? Pourquoi Marc ne répond-il pas ?

— Réponds, mais réponds-moi !

Pourquoi cette femme a-t-elle une voix si aiguë ?

Je sens sur mes genoux la chaleur alourdie, le poids de mes deux enfants. Je voudrais bouger les bras, passer les mains sur leur visage, vérifier qu'ils dorment encore. Impossible de faire un geste. Je suis comme paralysée. Non, pas paralysée, puisque ma bouche est entrouverte et que je halète doucement, mais comme envoûtée.

— Marc, réponds ! Réponds !

Ce n'est plus un cri d'angoisse, c'est un cri d'effroi. Je n'ai toujours pas ouvert les yeux, j'ignore toujours qui est ce Marc, mais je sais pourquoi il ne répond pas : il est mort. Est-ce que cela ne me fait rien que quelqu'un soit mort dans ce wagon ? Pourquoi ne puis-je toujours pas bouger ?

Peut-être est-ce moi qui suis morte ? Non. Je ne m'appelle pas Marc ; mon nom est Sidonie. Mais je sens la mort à mes côtés ; je la sens en moi. J'ai l'impression d'être seule dans ce wagon à savoir que ce Marc qui ne répond pas est mort. J'entends, je sens mes voisins qui se lèvent. La femme a repris ses cris : ils ressemblent déjà à un constat.

— Il dormait, il semblait dormir, je l'ai secoué pour le réveiller, et il s'est affalé, il est tombé sur moi.

Quelqu'un dit :

— Un médecin, il faudrait un médecin.

Et puis déjà :

— On ne peut pas le garder ici, on ne peut pas le garder avec nous.

Immobile, paralysée, aveugle, j'entends tout : ce qui se dit, ce qui se murmure, ce qui se passe ; il me semble même que j'entends tout ce qui se pense.

La mort était avec nous, enfermée dans ce wagon, et attendait notre sommeil, pour frapper au hasard, pour prendre Marc, qu'elle ne connaissait pas plus que moi, et pour jeter sa semence de destruction. Je l'avais sentie, cette mort. Les autres, presque tous les autres paraissent effarés. Et, ayant à peine entrevu ce mort encore chaud, ils ne pensent qu'à se débarrasser de lui. En réalité, ce n'est pas le mort qu'ils refusent de regarder en face, de garder parmi nous, ce n'est pas Marc, c'est la mort elle-même.

La tension et la panique montent dans le wagon, et aussi la chaleur : tout le contraire de la mort, apparemment. Les enfants ont quitté mes genoux, presque en même temps. Doudou, qui semble n'avoir rien entendu, chuchote à mon oreille :

— Maman, j'ai soif, très soif.

J'ouvre enfin les yeux : je vois des jambes passer devant moi. Sur la droite, un attroupement. Entre les dos voûtés, les têtes penchées, je vois nettement le visage de Marc : il est violacé, et un filet de salive coule le long de son menton ; il est jeune, assez beau, et il est mort. J'ai déjà vu des morts, peut-être plus que beaucoup d'entre nous. Mais ce mort-là, je ne l'oublierai jamais.

Marc est la première victime de notre guerre aveugle, muette et blanche. La violence n'a parfois ni fusil ni couteau ; elle se glisse en secret parmi les hommes. La violence, en ce moment, monte dans notre wagon. Une jeune fille s'est mise à chantonner une mélopée sourde, inarticulée, très douce ; ce bourdonnement clair pourrait ressembler au bruissement d'un ruisseau ; mais il est le chant de la violence. De la folie aussi. Pourquoi la mort ne vient-elle jamais seule ?

Je me sens étrange, étrangère dans ce wagon ; je sens mes deux enfants comme des prolongements de mon étrangeté. Je n'adhère pas, je ne participe pas à ce qui se passe, mais je sais ce qui va se passer. Je sens les ondes se croiser, s'entrechoquer, se contrarier. Je vois entrer le cortège de la mort ; ses demoiselles d'honneur pénètrent ici par la grande porte pourtant fermée, les unes après les autres, annoncées par un appariteur que personne ne semble pouvoir ni vouloir entendre.

La violence, la folie, la jalousie, l'angoisse, la volonté de puissance, la révolte...

Suzanne dort, ou paraît dormir. Sa pâleur est effrayante. Je n'ose pas l'appeler. Je prends soudain conscience de ce qui me paralyse le corps, de ce qui décuple mes perceptions : une force, une formidable force qui monte en moi, et qui, me semble-t-il, rejaillit sur les jumeaux. D'où me vient cette force ? Des images défilent devant mes yeux : des images d'arbres, les arbres de mon île, vigoureux, très hauts, des arbres aux feuilles qui luisent comme des lames sous le soleil écrasant, comme des assiettes sous la pluie lourde – mahogany, xamana, arbre à pain, palmiers royaux, bois canon. D'où vient leur force ?

— Salaud ! Pourri ! Ordure !

Une bousculade autour du mort : que s'est-il passé ? Nous n'en sommes plus aux injures, mais aux coups. Un homme veut arrêter ce début de pugilat ; j'entends le bruit mat d'un coup de poing ; l'homme s'est effondré sur ceux qui sont encore assis ou couchés. Nous sommes tous essoufflés.

Je secoue les enfants :

— Debout ! Essayons de changer de place.

Dans la bousculade, un coin du wagon s'est dégagé, un coin éclairé et légèrement ventilé par deux soupiraux. J'effleure la joue de Suzanne, qui ouvre les yeux dans un sourire. Elle suit mon regard, mon geste. Elle a compris. Nous bougeons lentement, comme dans un rêve. Il semble que personne ne se soit aperçu de notre déplacement. Les enfants ont suivi docilement ; ils sont maintenant de nouveau assis. Suzanne a trouvé une place à quelques mètres de nous. Elle a repris sa position assise, le dos raide contre la paroi. Avant de m'asseoir à mon tour, je tire de mon sac une petite tasse de céramique ; c'est la tasse de Désiré, une tasse en terre des Trois-Îlets ; j'ôte un lacet de mes chaussures, je le noue autour de l'anse, et j'accroche le tout au montant d'un soupirail ; la tasse, à l'extérieur, vient frapper contre la cloison de bois : pourvu qu'elle ne se casse pas avant que quelques gouttes de pluie la bénissent ! Pourvu que personne ne s'aperçoive de mon stratagème ! Comment ferais-je si je devais partager entre plusieurs assoiffés deux hypothétiques gouttes de pluie ?

Je pense à ma mère, et le souvenir de son sourire me fait presque sourire ; elle souriait lorsque nos voisins la complimentaient sur mes qualités de bonne élève. Elle avait ce petit sourire parce qu'elle savait que sa fille avait surtout un redoutable sens pratique, et profitait de toutes les occasions pour en faire son miel d'hibiscus.

Ici, si j'ai caché ma manœuvre, ce n'est pas parce que j'ai mauvaise conscience. J'ai changé de place et accroché la tasse de Désiré à l'extérieur parce que je crains les réactions d'une foule frappée par une mort qu'elle n'a pas vue venir.

Certains se précipitent déjà sur la porte fermée et la martèlent de leur poing, du plat de la main. D'autres hurlent de fureur :

— Tenez-vous tranquilles ! Nous manquons d'air ! Vous bouffez de l'air pour rien !

Et ceux qui crient de fureur contre ceux qui crient de terreur absorbent autant d'air que les autres. J'aperçois soudain en me rasseyant la femme qui ressemble à la mère de Jean. Elle est maintenant en simple combinaison, et elle éponge le front de son mari ; où sont passées sa pudeur et sa réserve hautaine ? Mais elle se tient toujours droite, raide, les épaules nues plaquées au bois suintant du wagon. Son mari a les traits du visage plus tirés, plus fins, plus cireux que jamais ; si ce n'était le léger battement des ailes de son nez, ce visage ressemblerait à un masque mortuaire. Non, la mort n'arrive jamais seule.

La mort qui a commencé de maquiller les visages à sa manière...

Personne ne semble avoir remarqué que j'ai pris avec mes enfants la seule place où souffle un soupçon de vie : l'air tombe un peu des soupiraux et se glisse imperceptiblement par la charnière de la porte, à ma gauche. J'ai mis les deux enfants de ce côté, le plus près possible du filet vital si ténu. De mes mains moites, je caresse leurs cheveux ; ils roulent la tête sous cette marque d'affection qui est aussi une précaution : je ne veux pas qu'une mèche légèrement agitée par le souffle d'air trahisse le petit privilège que j'ai réussi à obtenir pour eux.

À côté de moi, il y a un homme âgé aux lunettes cerclées d'or. C'est lui qui m'a déjà parlé lorsque nous étions rassemblés au manège. Depuis quelques instants, il a ouvert les yeux et me regarde faire. J'ai peur d'être devinée, et je suspends mon geste.

— Vos enfants sont magnifiques ! Avec l'aide de Dieu, vous les sauverez !

Sa voix chaude et forte, même dans ce murmure, est celle de l'homme qui, à la fermeture des portes, a essayé d'organiser un semblant d'ordre parmi nous. Maintenant, il semble se désintéresser de ce qui se passe, comme s'il avait démissionné de la fonction qu'il s'était attribuée.

Il a refermé les yeux. J'ai envie de lui demander de quel Dieu il parle, à quel Dieu je dois demander de l'aide. Moi-même je ne sais plus. Je ne pense pas à Dieu. Depuis que nous avons quitté le château, je m'en rends soudain compte, je pense plutôt à Marie, à la Vierge Marie. Mais sera-t-elle assez forte pour rester dans mon cœur, maintenant que la mort est entrée ici ? Et moi, serai-je assez forte pour l'y aider ?

La bagarre a repris. Je ne sais pas pourquoi. Peut-être pour rien. Deux hommes enlacés roulent par terre. D'autres se précipitent sur eux – pour les séparer, ou pour se mêler à la rixe ? Un coup de poing, et encore un autre. Un corps tombe à terre et roule vers nous. J'ai tout juste le temps de remonter mes jambes et d'écarter Nicaise et Désiré, qui se mettent à pleurer de frayeur. La tête vient lourdement heurter le sol devant nous : un visage ensanglanté semble exploser de rage ou de douleur. Nicaise a mis ses mains devant ses yeux pour ne pas voir. Je tente de rassurer les enfants.

— Ce n'est rien, tout le monde est énervé. Il a

dû prendre un coup sur le nez : il saigne du nez, il va se relever. Tout le monde a faim et soif, et chaud, et sommeil. Ce n'est rien, ça va se calmer. Hein, Désiré ? Tu n'as pas peur ?

Il me fait non de la tête : il saigne souvent du nez, et il sait que c'est spectaculaire, mais pas dangereux. Je souhaite seulement qu'il ne s'aperçoive pas que le flot de sang du blessé monte aussi de sa bouche tuméfiée.

En réalité, la folie a gagné la moitié du wagon. Elle convulse les corps et les esprits qu'elle gagne les uns après les autres. Autour de nous, il y a encore un îlot de calme. J'observe, je regarde, le plus lucidement que je peux, ce qui se passe. Je sais que la lucidité me sauvera de la contagion. La lucidité, les préoccupations matérielles, prosaïques, mais aussi le détachement. Je m'efforce de penser aux scènes qui se déroulent sous mes yeux comme si elles appartenaient déjà au passé, comme si je les lisais dans un livre, comme si je les retenais pour écrire un livre, et comme si je les évoquais pour mieux les analyser. Le calme qui se maintient en moi, je le communique aux enfants par la pensée autant que par le contact physique étroit que je maintiens avec eux malgré la chaleur. Nous ne pouvons pas parler, ou très peu, mais nos peaux se nourrissent les unes des autres, se parlent tout bas. Avec Suzanne, je communique par le regard : j'arc-boute le mien sur le sien, je l'empoigne, je lui donne ma force et je puise la sienne.

À intervalles réguliers, je prends le pouls des enfants et le mien : une sorte de sécurité, une habitude, mais aussi un instinct qui me pousse à vérifier la pression de la vie.

L'homme blessé s'est remis debout. La vue du sang en a glacé quelques-uns. Un silence relatif est revenu. Une voix ferme, douce et forte, la même que tout à l'heure, s'élève à mes côtés ; mon voisin s'est levé. Il parle à nouveau, et je me dis qu'il n'avait pas démissionné, mais qu'il attendait simplement le moment d'être efficace :

— Faut-il encore des morts et des blessés pour que vous compreniez que nous devons nous aider ?

Je le vois bien, maintenant, car il s'est levé : il ne ressemble pas à sa voix ; il n'est ni grand ni fort, mais un peu insignifiant, fragile. Pourtant, lorsqu'il reprend, tous les regards se tournent vers lui :

— Je suis médecin. Que ceux qui ont besoin de moi me le disent. Que ceux qui peuvent m'aider me le disent. Agitez-vous le moins possible, et ne vous levez pas.

Nicaise a levé ses yeux sur moi et secoue ma main :

— Maman, maman, toi, toi, tu peux aider le médecin.

Je lui fais signe de se taire.

— Mais, maman, toi, tu sais soigner...

Je pose la main sur la bouche de ma fille. Suzanne m'envoie une question muette en posant sur moi un regard étonné. Je me tasse sur moi-même. Une de mes voisines a aussi tourné la tête et se met à me dévisager.

Personne, personne d'autre n'a entendu.

Pourquoi ? Pourquoi cette volonté de me cacher monte-t-elle en moi ? Suis-je si égoïste ? Sans cœur ?

Je ne veux pas que l'on sache... Qui pourrait deviner que cette femme noire est presque médecin ? D'ailleurs, je n'ai pas de diplôme à exhiber. Il m'aurait fallu finir mes études pour l'obtenir.

Non, je ne veux pas m'occuper des autres. Il n'y a que moi, il n'y a que mes enfants, surtout ; et aussi, un peu, Suzanne. Mais les autres, non. Pas encore, pas tout de suite. J'ai tout juste assez de force pour nous quatre. Tout juste assez pour lutter avec la faim, la soif, la chaleur, le manque d'air, mais pas pour lutter contre la folie, contre la mort, pour secourir les autres dans leur détresse.

Les plaintes montent dans le wagon. Le médecin va de l'un à l'autre, et les plaintes se multiplient. Son aide, sa sollicitude viennent trop tôt, malgré son attente. Ils vont tous se faire soigner, se faire plaindre, se croire uniques, sans rien rendre en échange. Il va épuiser ses forces. Je ne veux pas perdre celles que je sens encore en moi.

Déjà, je n'entends plus les plaintes qui s'élèvent de notre grosse chenille grise qui se traîne. J'entends un autre chant, une autre plainte, un écho de ma conscience, une houle douloureuse et sonore qui s'enfle et fait battre mon sang et mon pouls comme un sanglot. Est-ce celle qu'entendaient ceux qu'on appelait « le bois d'ébène » dans les fonds de cale des vieux voiliers qui les transportaient vers les Amériques ?

6

Agénor

Le wagon rempli d'immondices et de désespoir, le rythme sans cesse changé de notre marche, les visages aux yeux clos, les visages aux yeux fixes, tout cela s'efface de ma conscience.

Est-ce un chant funèbre qui monte en moi ? Est-ce un chant de vie, cette rumeur sourde qui me vient d'une mémoire qui s'éveille ? Est-ce une crainte ou un espoir, cette chose lourde et dense qui monte en moi ?

Il n'y a plus de train, plus de chenille. Il y a le bruit de la mer, et un bateau. Et une plainte léguée à travers vents et marées. L'esprit de mes ancêtres morts dans les cales des bateaux négriers.

Une fois encore j'ouvre les yeux. Suzanne, tu me regardes... Non, Suzanne, là où je suis, tu ne peux pas me rejoindre ; tu es là, toute proche ; mais toi, tu es dans un train. Moi je suis à fond de cale, loin en arrière, loin dans le temps, pour la première fois, dans une histoire vieille de trois siècles dont ma mémoire ne sait rien, dont ma conscience, soudain, sait tout.

Cet esclavage, je le connais. Les gares du désespoir aujourd'hui, les ports de l'angoisse hier : je me sens chargée des mêmes chaînes. Papa, maman, il était interdit d'en parler. En parler, ce n'était rien, mais vivre cela, aujourd'hui, est-ce permis ? Victoire, ma mère, on n'échappe pas au passé, aux ancêtres...

Mes ancêtres les Gaulois... Pour la première fois de ma vie, je sens renaître en moi la mémoire de l'Afrique, mes ancêtres, non pas les Gaulois, non pas les Antillais, mais, plus loin encore, les Africains. L'histoire même de mon pays, de mon île, de ma patrie, est abolie.

Comment sont-ils morts, mes ancêtres noirs ? Qui étaient-ils, ceux qui viennent de faire irruption dans ma vie ? Me suis-je déjà un jour posé la question ? L'ai-je un jour posée à ma grand-mère ?

Où vais-je chercher ces histoires de Nègres ? Pourquoi ce chant est-il si fort en moi ? Je suis gênée et heureuse à la fois de l'entendre, affermie et désemparée de l'entendre toujours plus fort. Socrate, Victoire, mon père, ma mère, ne m'en veuillez pas... Vous ne vouliez pas de ces souvenirs-là pour votre fille, mais aujourd'hui votre fille et votre petite-fille et votre petit-fils sont esclaves, et ils ont besoin d'une autre force, d'autres sèves, d'autres racines, pour lutter contre la mort, contre un mort, dans un wagon, pour lutter contre une sale chenille grise et rampante...

Pour la première fois je pense à l'Afrique, je rêve à l'Afrique, l'Afrique déferle en moi... Un coin de Guinée, un coin de vie dont on vient de m'arracher, avec d'autres hommes, d'autres femmes, recroquevillés, couchés, entassés au fond d'un bateau, toutes ethnies confondues. Esclaves... pas tout à fait encore, prisonniers seulement, mais déjà révoltés, rebelles. Parmi eux, des morts, des malades, des blessés, des femmes, des enfants. Malgré tout, ils ont bien survécu, non ? Ils sont bien arrivés de l'autre côté, l'ôte boâ ? Pourquoi ? Grâce à quelle force ?

Moi aussi, je dois survivre, survivre pour mes enfants. Comme eux, je dois devenir une rebelle, une révoltée.

J'ai avec moi le Dieu du vieux monsieur, de mon voisin qui s'est enfin rassis, le Dieu de ma mère, le Dieu des Blancs, et aussi la mère suprême, la Vierge Marie, la mère des Blancs... Mais ce n'est plus suffisant : il me faut encore un autre Dieu, un Dieu des Noirs, un Dieu noir, un esclave vainqueur, un de ceux que ma grand-mère appelait un Nègre marron.

Un virus de révolte et de rébellion : c'est cela qu'il me faut m'inoculer ; j'ai besoin d'une force intérieure, la même qui a permis à mes ancêtres de survivre. Le passé dont je ne sais rien était un passé de fureur. J'ai besoin de fureur, maintenant, ici. Non pas la fureur de la panique, de la folie, de la mort. Une fureur maîtrisée, recomposée, appelée, demandée. Prier, je dois prier pour demander cette force noire et furieuse. Prier... Prier qui ?

Un nom noir et cuivré, puissant et lointain, un nom monte en moi, explose en moi, le nom de mon Dieu, le nom de ma fureur sublimée : Agénor. Ce nom existe-t-il ? Ce Dieu existe-t-il ?

Oui, Agénor, tu existes, puisque je te sens si profondément en moi, si brutal et si calme. Emplis-moi de ta force, Agénor. J'accepte les chaînes de mes ancêtres, car je sais qu'avec toi je les ferai sauter en même temps que celles qui sont les miennes aujourd'hui. Tout, en moi, sera libéré en même temps : je serai une femme forte et libre, une femme noire et libre, une femme blanche et libre, je serai une Française libre, et, libre aussi, l'Africaine. Jamais je ne me suis sentie aussi noire, ni aussi française. Serais-je ainsi enchaînée à ce train si je n'étais pas française ? Connaîtrais-je cette force obscure de la rébellion si je n'étais pas noire ?

Et dans ce wagon sans lumière et sans air, sentirais-je passer ce vent léger et doux, si je ne connaissais pas mes îles ? Agénor, c'est vers toi que monte mon chant de départ : « Adieu foulards, adieu madras, adieu grain d'or, adieu colliers-choux... »

Dieu noir, Dieu blanc, mêlez-vous en moi. Et vous, Marie, qui n'êtes ni noire ni blanche, mais blanche et noire, transparente, brillante, Marie qui êtes d'ivoire, qui êtes d'ébène, venez me libérer ! Venez libérer en moi l'Afrique, les îles, la France. Marie la blanche, vierge des cieux, Marie la vierge noire, les entrailles de la terre ! Sainte oubliée par les hommes blancs, entrez en moi, envahissez en moi votre royaume d'ombres pour y rencontrer le dieu oublié par les hommes noirs. Agénor et Marie ! Marie et Agénor ! Je suis votre fille, à l'un comme à l'autre. Unifiez-moi ! Fortifiez-moi contre la mort, qui est sans couleur...

Les peuples mettent parfois des siècles à se construire une religion. Il m'a suffi de quelques secondes pour reconnaître le Dieu multiple dont j'ai besoin, pour moi, pour mes enfants, et pour Suzanne, et pour tous les autres. Peut-être n'aurai-je plus jamais le temps de réfléchir, de prier ? Mais j'ai maintenant accouché de mon Dieu. Ou est-ce lui qui vient d'accoucher de moi ? Dans ce train de mort, je sais maintenant que j'existe, que rien ne pourra me détruire, que rien ne pourra tuer en moi ni mes racines ni les rameaux de l'avenir. Je sais que je suis prête, enfin, à aider les autres.

Agénor me tiendra droite. Marie rendra mes gestes tendres. Je vais pouvoir me lever, et dire au médecin...

— Elle va mourir ! Je vous dis qu'elle va mourir ! Docteur, je vous en supplie !

Je suis auprès de la jeune fille et de sa mère avant même le médecin. C'est la jeune fille qui chantait tout à l'heure.

— Rachel ! C'est ma Rachel ! me dit sa mère, elle va mourir.

Elle me dévisage, l'air éperdu, et ajoute comme une imploration :

— Faites-lui de vos sorcelleries, sauvez-la !

Sorcellerie ? En d'autres temps, en d'autres lieux, j'aurais hurlé, je l'aurais giflée, ou j'aurais simplement tourné les talons. Rares sont les Blancs qui peuvent admettre d'emblée que je sais soigner, que je suis presque aussi compétente que n'importe quel étudiant en médecine. Nous portons tous une blouse blanche, nous sommes tous blancs et nous avons tous appris les mêmes gestes...

Mais il me semble maintenant que la demande naïve de cette femme a une autre signification. Peut-être est-ce sa manière d'exprimer ce qu'elle sent en moi. Elle dit « sorcellerie »... Comment connaîtrait-elle le nom d'Agénor, puisque je l'ignorais moi-même il y a quelques heures. Nous sommes semblables, mais nos passés sont différents. Elle n'a pas dans les yeux, dans la mémoire, les mêmes images que moi. Ses images sont d'ici, d'un petit village au clocher rouge ou gris, ou alors de Paris, de ses marchés d'hiver... De la Martinique, de l'Afrique, elle n'a dans la tête que des chromos, des reproductions de reproductions, un monde étrange, trop compliqué, trop « sorcier » pour qu'elle puisse le comprendre.

Et moi-même, est-ce que je connais vraiment cet Agénor qui vient de naître ? Sa naissance, son existence ne sont-elles pas un peu « sorcières » ? Sorcière, infirmière, Noire ou Blanche, quelle importance ?

Rachel que je ne connais pas, Rachel que je sens comme ma jumelle, Rachel a besoin d'une sœur, et sa détresse ne nécessite ni diplôme ni gri-gri. Elle a besoin d'esprit, car elle a perdu le sien, elle a besoin de souffle, car elle est prête à rendre le sien.

7

Rachel au bord de la rivière

Sur ses tempes, je regarde couler les filets de sueur. Je les essuie du bord de mon tablier. La bouche de Rachel est entrouverte ; un filet de salive s'en échappe. Ses grands yeux fixes sont comme deux mares. Elle respire doucement. Sa mère s'est écartée, et j'ai pris la jeune fille entre mes bras comme un tout petit enfant. « Je suis infirmière... » ; la femme est-elle rassurée par cette affirmation que rien ne prouve ? Mais je ne peux pas dire : « Je suis sorcière... »

Le médecin me laisse faire : il sait mieux que moi la vanité de nos titres, de nos diplômes et de nos connaissances, dans ce wagon où tout nous manque. Pourtant, le charme du mot a opéré ; ceux qui m'ont entendue se calment soudain. À l'autre bout du wagon, Nicaise et Désiré, Suzanne aussi, suivent mes gestes d'un regard intense. Je leur souris une dernière fois avant de me repencher sur le visage de Rachel. « Je suis infirmière, je suis Sidonie l'infirmière d'Agénor ; Agénor est bon ; Agénor est le maître de l'air et de l'eau ; il est la lumière dans le noir... » Ma voix est un souffle à l'oreille de Rachel. Personne ne m'entend. Et elle, m'entend-elle ?

« Rachel, petite Rachel, Agénor et Marie sont penchés sur toi. Ils sont la vie, et tu vas vivre. Ils sont les forces de l'amour et de la haine qui vont couler en toi, indissociables. Jamais l'une n'arrive sans l'autre. Tu dois haïr la mort, et ce wagon, et l'obscurité, et la sécheresse ; tu dois haïr pour aimer et pour vivre. Tu sais, Agénor est un arbre, un arbre gigantesque, et, comme toi, il a besoin d'eau. Marie fait couler cette eau d'amour et de haine à ses pieds, inonde ses feuilles d'une pluie fine et douce, que l'arbre puisse s'enraciner plus loin encore, et que ses branches puissent s'élever plus haut encore... »

Je ne sais pas d'où me vient cette théologie étrange ; ce sont plutôt des images qui défilent entre mon regard et le visage moite de la malade. Rachel est sans doute juive ; Agénor ou Marie, elle ne les connaît pas plus l'un que l'autre, pas plus qu'elle ne connaît mon visage sombre et ma voix claire ; elle connaît sans doute un autre Dieu que je ne connais pas, d'autres mots, d'autres paroles que j'ignore. Mais ni Marie ni Agénor ne font le tri. Je ne sais pas si Rachel m'entend, mais je sais que mes images pénètrent en elle.

Pourtant, je ne suis pas assez forte encore. Un mouvement, un frôlement imperceptible me fait tourner la tête et abandonner le visage de Rachel.

Suzanne se lève, elle va au soupirail, et, doucement, ramène la tasse de terre cuite. Elle me regarde en renversant le récipient, pour me dire, sans un mot, qu'il est vide. Comment Suzanne a-t-elle pu entendre que ma mélopée parlait d'eau, d'onde et d'ondée ? Heureusement, ni Rachel ni moi n'avons besoin de cette eau-là.

L'eau de la montagne est bien plus fraîche, bien plus limpide, bien plus vive ; elle est de même nature que celle qui coule au pied d'Agénor, de son arbre divin, magnifique, africain, dont les racines et la ramure traversent les océans pour protéger mon île et se nourrir de sa terre, et la couvrir de son ombre lumineuse : le baobab sacré. L'eau de la montagne nettoie les rues, les êtres, la pierre, la terre humaine.

La vie, la vraie, est faite de petites choses colorées et bruyantes, sans importance en apparence. Les belles petites fontaines de Saint-Pierre, creusées dans l'angle des maisons ou dans les murs épais qui bordent les boulevards et les jardins publics. Regarde, regarde, Rachel, les fils d'eau brillants qui jaillissent des gueules des lions de pierre. Et l'eau de la Roxelane...

Toutes les lavandières de Saint-Pierre se retrouvent au bord de la rivière. J'aime les regarder, écouter la Roxelane couler, chanter au rythme de leurs cris, de leurs conversations animées et criardes avec les passants accoudés au garde-fou au-dessus d'elles. Vers midi, les marchandes ambulantes commencent à circuler ; elles portent sur la tête leur « tray » garni de nourriture bon marché : morues, macadam, chélou, acras...

Alors, les lavandières s'arrêtent de battre le linge, et, les pieds dans l'eau, le derrière bien calé sur une pierre, toujours riant et bavardant, elles dégustent sur un morceau de papier gras ou sur une feuille de résinier la ration qu'elles ont achetée pour quelques sous. Et puis, après s'être aspergé la tête, les bras, le buste, toutes dégoulinantes d'eau, comme toi, Rachel, elles se remettent au travail jusqu'à la fin de l'après-midi. Alors elles collectent leur linge, le nouent en un ballot qu'elles placent sur leur tête, et elles repartent, la robe mouillée retenue sur les hanches par un madras bien serré ; et leur démarche royale, leur pas souple habitué au flux de la rivière, personne ne peut l'oublier.

Tu ne connais pas ces images, Rachel, mais tu ne les oublieras plus, et ainsi tu seras ma sœur, la fille de Marie et d'Agénor, la fille de Socrate et de Victoire, car tu auras vaincu la folie et la mort. Toi et moi, nous serons baptisées aux mêmes sources, de la même eau lustrale...

De l'eau ? Encore de l'eau ? Je vais te raconter : te raconter les fougères arborescentes et l'arbre des voyageurs, et les lianes géantes de la forêt, le morne parnasse, les grandes colonnades de palmiers et d'angelins qui se voûtent à plus de deux cents mètres au-dessus du chemin qui longe la rivière à partir de la cascade, l'allée des Duels...

Rien, on n'entend rien : aucun son, aucune voix humaine, aucune plainte. Rien que la course de la rivière qui saute les rochers volcaniques, rien que le fourmillement des lézards, des crapauds, des petites grenouilles d'arbre. C'est l'univers d'amour et de haine d'Agénor : la bête la plus petite, l'animal le plus fragile est imprégné de son eau et de sa force, grâce auxquelles il survit...

Rien, on ne voit rien : pas un visage d'homme,

mais seulement le travail de l'homme partout rongé et dévoré par la nature si forte. Mais l'homme lui aussi est fort... On a presque peur, on a presque peur, Rachel, mais c'est une bonne peur, celle des choses grandes et simples... On a peur de la mort, Rachel, mais c'est bien : il faut avoir peur de la mort ; c'est le début de la vie vers la lumière.

Le visage de Rachel n'a pas bougé, et pourtant, je sais qu'elle sourit : ses pupilles sont plus claires, et l'eau s'est tarie au coin de ses lèvres et sur ses tempes. C'est l'eau de la Roxelane qui a tout emporté et tout purifié. Mes paroles ont fait défiler dans ses yeux les images que j'avais dans les miens, le miroir de ses iris clairs s'est abreuvé au miroir de mes iris sombres.

Et là, dans l'obscurité du wagon, dans le murmure imperceptible de ma voix, je sais que Rachel a vu, elle aussi, défiler ces images pourtant si étrangères à sa mémoire. Dans ce train noir et nauséabond, mon pays de lumière, de couleurs, de parfums, de courants d'air, mon pays est devenu la patrie de tous car tous on besoin de lui.

« Des couleurs, encore des couleurs, des couleurs qui sentent bon... » Rachel est-elle malade au sens médical du terme ? N'est-elle pas plutôt la victime lentement digérée de cette sale chenille grise qui continue de se traîner, avec, dans son boyau monstrueux, des morts, des blessés, des odeurs infectes et putrides, qu'elle emprisonne dans des cocons inertes et mortels ?

Chacun se soulage comme il peut ; comment

faire autrement ? Les plus pudiques se laissent aller. Mes enfants se sont retenus longtemps, et puis, ils ont dû céder, comme moi, comme tout le monde ici. D'ailleurs, maintenant, nous sommes au-delà de la honte. Le vrai problème, c'est l'hygiène. Nous vivons dans l'urine et dans l'excrément, et il devient de plus en plus difficile de respirer.

« Oui, Rachel, je vais te raconter des odeurs, et des couleurs... » Je me dis qu'il est bien étrange, l'être humain, qui se nourrit, qui se guérit d'images si lointaines, et qui meurt autant de sa dignité bafouée que de son corps torturé.

Images, images lointaines de mon Saint-Pierre gai, chamarré, avec son carnaval, ses hommes et ses femmes aux grandes robes, aux couleurs vives, le fourmillement des madras et des marchandises multicolores, étendues à même le sol, sous les tamariniers de la place Bertin : ces femmes ont-elles jamais imaginé offrir du rêve, un jour, à quelques passagers misérables digérés par une sale chenille grise ?

Rachel est avec moi dans ce rêve de couleur. Nicaise et Désiré aussi, je le sais : ils ne me quittent pas des yeux, ils boivent à mon regard chaque fois que je me retourne vers eux ; ils savent, ils connaissent mes histoires et mes sortilèges, ils connaissent les images colorées que je fais défiler devant eux pour les guérir d'une fièvre ou pour les consoler d'un cauchemar. Mais ils ne connaissent pas encore Agénor, qui vient d'éclore pour m'aider à sauver Rachel.

Sont-ils jaloux de Rachel, à qui j'offre le seul

traitement qui soit en mon pouvoir ? Je voudrais parler à Suzanne aussi, et à la femme enceinte qui m'a aidée au début du voyage, et au père et à la mère de Jean, et encore au vieux médecin, à tous ceux qui meurent de l'obscurité, de la mauvaise chaleur, de l'angoisse, de la puanteur humaine.

S'ils pouvaient entendre le bourdonnement assourdissant des cris et des conversations en créole, les mélopées hurlées des marchandes de cacahuètes ou de lokios : « Moin ni lokios, moin ni tablèt coco... Agaçant désolé pa lé vin' pampalam ! » Des cris, des appels, des rires, les bruits de la vie, non pas les trompettes éraillées, faussées, de la mort.

C'est le chant d'un petit morceau de France à l'autre bout de l'océan, une terre où le soleil est si fort qu'il peut éclairer les entrailles d'une vilaine chenille stérile de papillon...

— Elle va mieux, elle n'a plus de fièvre...

La mère de Rachel me tire de mon rêve éveillé. Elle a posé sa main sur le front de la jeune fille, puis a sorti un peigne ; elle remet les cheveux de sa fille en ordre. Pour quelle cérémonie ? Celle de la vie retrouvée auprès de mon peuple gai et insouciant ? Là-bas, on aimerait sa chevelure lourde, noire, ondulée...

La jeune fille s'est redressée, et j'ai desserré mon étreinte sur ce corps qui allait mourir et qui va vivre. Est-ce moi qui ai fait ce miracle ? Est-ce la force qui émane de ma peau noire, ou celle de ma mémoire de toutes les couleurs ?

Non, je sais, moi, qui a arraché la jeune fille à la mort : c'est Agénor. Agénor, dont je sens le nom monter en moi, comme un chant d'action de grâces. Agénor nous a fait don d'une vie, une vie dans ce wagon, parce qu'une voix dans ce wagon, la mienne, sait maintenant l'appeler par son nom. Je sens au fond de moi une sorte de jubilation : Agénor est le maître de la vie, mais, du haut de sa puissance, il veut bien répondre à ma voix, parce que ma voix, elle aussi, est puissante.

Que puis-je craindre, désormais, pour moi, et pour mes deux petits, et pour tous ceux que je voudrai – et qui se voudront – les « miens » ?

J'ai regagné ma place, près des corps chauds – un peu trop – de mes deux enfants. Leur pouls est lent, et ils respirent la bouche ouverte. Ils ne me demandent rien : ils savent que je n'ai plus rien à donner ; les provisions sont épuisées, la tasse, dehors, continue de sonner le vide au rythme des essieux. Derrière nous, des rails. Devant nous, des rails. Seuls les rails connaissent notre destination...

Désiré, Nicaise et moi n'avons plus à partager que le contact de notre peau. Et nous nous endormons.

Lorsque j'ouvre à nouveau les yeux, un rayon de soleil oblique, sournois, balaie notre wagon depuis la lucarne ; il dévoile un tableau hallucinant : nous ressemblons tous à des cadavres.

Je secoue Désiré ; je secoue Nicaise dont les halètements m'inquiètent.

— Nicaise, Nicaise, réveille-toi, viens, nous allons respirer un peu.

Je suis déjà debout, mal assurée sur mes jambes, et je la prends dans mes bras, un peu trop facilement, Nicaise est si légère ce matin... Je dois enjamber les genoux de Suzanne ; sa main se noue autour de ma cheville, le temps d'affermir mon pas. Nicaise et moi restons à haleter sous la lucarne. Nous ne voyons qu'un mince rectangle de ciel presque blanc ; l'air est vivifiant. Les trépidations nous font vaciller ; si nous tombons sur nos voisins, nous allons nous faire massacrer ; mes mollets me font mal : ils sont tendus, contractés pour nous empêcher de nous écrouler. Nicaise s'accroche des mains à la paroi, pour se stabiliser, pour se faire plus légère.

— Ça va, maman, ça va mieux, on peut aller se rasseoir.

Depuis quand sommes-nous ici ? Je suis incapable de le dire. Depuis toujours peut-être. Personne ne bouge plus. Les yeux sont clos. Les visages sont livides. Combien de cœurs morts, combien de corps morts, combien d'espoirs morts dans ce wagon ? Et dans le précédent ? Et dans le suivant ? Et lorsque le nez de la grosse chenille ira buter au bout des rails, combien d'entre nous seront encore vivants de corps et d'esprit ?

Le silence est devenu terrible. Le temps si flou semble ralentir encore son rythme, comme un cœur qui bat de plus en plus lentement. Comme l'avait fait le premier train que nous avions pris, il y a si longtemps, si longtemps.

Quelqu'un, dans un souffle, semble reprendre contact avec la réalité :

— Le train ralentit... Nous allons nous arrêter...

Soudain, je suis prise d'une sorte de panique. Je m'étais réjouie de l'arrêt du premier train. J'avais eu tort : le second nous emmenait dans une horreur plus profonde encore. Un autre train nous attend-il ? Pour nous emmener où ? Je n'arrive plus à imaginer qu'il puisse y avoir un pays, un paysage autour de nous. Les seules images vraies ne sont plus pour moi que celles qui me viennent de mon cœur, de mes reins, de mon cerveau, de ma mémoire, de mon rêve : celles de mon pays. Et mes compagnons de route, que voient-ils défiler derrière leurs paupières closes ? Qu'ont-ils emporté de leur vie d'avant ? Où sont les poupées de Rachel, les diplômes du médecin, les livres de Suzanne ?

Chacun ne possède plus que la part la plus mystérieuse de sa vie : la vie elle-même. Que peut-on nous enlever de plus ?

8

Ils savent

Le train est maintenant immobile. Désiré et Nicaise se passent la langue sur les lèvres, comme ils font lorsqu'ils s'attendent à quelque chose. Dehors, on entend des pas lourds qui font crisser une sorte de gravier. Des ordres, des voix sonores, autoritaires. Puis des bruits sourds à nouveau contre les parois de notre prison. Des voix, des coups, comme au début...

La porte glisse lentement en grinçant sur ses roulettes. Nous sommes tous saisis par la lumière, par l'air vif qui nous cloue sur place. Nous qui, il y a une minute, ne rêvions que de descendre, restons immobiles, pétrifiés, aveuglés. Seuls les vivants vont pouvoir se lever : combien d'entre nous resteront-ils couchés dans ce wagon ? Nous sommes comme des larves blafardes découvertes sous une lourde pierre humide. La lumière, l'air, l'espace ne sont-ils déjà plus dans notre nature ?

Ce trou blanc, béant, cette porte me donne le vertige ; les jumeaux ont mis leurs petits poings fermés devant leurs yeux.

Les ordres sont répétés, traduits, transmis : il ne faut prendre que les bagages légers, et laisser dans le wagon les sacs trop lourds, les morts et les personnes malades. Que veut dire malade ? Nous sommes tous malades : nous souffrons tous de fièvre, de faim, d'épuisement.

Je remets ma petite tasse dans mon sac et relace ma chaussure. Suzanne et moi, debout, nous aidons les enfants à se lever en les prenant par les aisselles. Désiré vacille un peu entre mes mains, mais Nicaise s'effondre entre les bras de la jeune femme. Je me précipite sur elle, la relève en hurlant :

— Debout, debout, Nicaise, obéis, tu dois te lever.

Je voudrais la gifler, la forcer à obéir, et vite. Où est la belle assurance de la fidèle d'Agénor ? C'est une panique totale qui m'étreint. Je sais que celui qui ne se tient pas debout, c'est comme s'il était mort. Nicaise n'est pas morte, elle est épuisée, simplement épuisée, comme une enfant de cinq ans peut l'être après un tel voyage.

La plupart des hommes sont descendus du wagon les premiers : ils aident les femmes et les enfants à sauter jusqu'à terre. Suzanne m'a repris Nicaise :

— Laissez-la, c'est moi qui m'en occupe.

Elle la soulève, la porte sur sa hanche, une jambe devant, une jambe derrière, et me pousse vers la sortie.

— Allons-y, notre place n'est plus ici.

Certains de nos compagnons de voyage refusent de descendre. Je veux me retourner, savoir qui, pourquoi, savoir ce qu'ils craignent, ce qu'ils devinent... mais la main de Suzanne est ferme sur mon épaule :

— Ce qui se passe ici ne nous concerne plus.

D'où lui viennent cette énergie, cette autorité, cette fermeté ? Jusqu'à présent, il me semblait que, des deux, la femme forte, c'était moi. Dans l'obscurité, j'étais forte, si forte ! Depuis que le train est arrêté, depuis que la porte est ouverte, je me sens faible, misérable. Suzanne, elle, se tient encore plus droite que d'habitude, et son visage est comme refermé sur une détermination, une volonté qui donne l'impression qu'elle sait où elle va. Peut-être est-ce cela le sens de notre rencontre : l'alternance de notre volonté, la diversité de nos forces ?

D'ailleurs, depuis notre départ, depuis que nous sommes montées dans le camion venu nous chercher au château, j'ai la sourde impression que certains savaient où nous allions et pourquoi. Personne n'a rien dit, mais je suis sûre que du manège au train de voyageurs, du train au car, du car au train de marchandises, ils étaient de plus en plus nombreux à savoir et à se taire. Pourquoi ? Pourquoi avoir refusé de répondre à nos questions muettes ? Bouches fermées sur les questions, bouches fermées sur les réponses...

Le contact avec la terre ferme est dur ; je sens Désiré vaciller, je me sens vaciller moi-même. Je me retourne vers Suzanne : Nicaise est toute molle dans ses bras, et sa tête dodeline comme celle d'une poupée de chiffon. Je l'appelle :

— Nicaise, Nicaise, réveille-toi.

Elle ouvre péniblement les yeux, cligne des paupières sous la lumière trop vive et les referme. Je voudrais hurler, hurler encore plus fort pour qu'elle cesse de dormir, de mourir. Suzanne me prend par le coude, me secoue ; je me rends soudain compte qu'elle me tutoie :

— Toi, tu t'occupes de ton fils, moi de ta fille. Aie confiance. On ne peut pas tout faire tout seul. Je crois que maintenant, ça va être difficile. Je te jure que je m'occupe de Nicaise comme si elle était ma fille.

— Suzanne, je t'en supplie, dis-moi ce que tu sais... Où sommes-nous ? Où allons-nous ?

Suzanne raidit la nuque, refuse d'entendre, de répondre. Elle aussi, elle aussi participe au complot du silence. J'ai envie de la gifler, de l'insulter.

Où sommes-nous ? Où allons-nous ? Pourquoi personne ne veut-il rien me dire ?

Je ne vois que des pieds, des épaules, des visages : une colonne qui remonte le long du train. Comme hier, comme l'autre jour, il y a si longtemps... Mais il n'y a pas de neige, cette fois, et les enfants n'ont plus envie de jouer. Je ne reconnais plus mes compagnons de voyage. Où sont Rachel et sa mère ? Et le médecin ? Où est la femme enceinte ? Est-ce elle qui, tout à l'heure, refusait de descendre du wagon ? Et le couple qui ressemble aux parents de Jean ?

J'ai besoin du regard en forme de miroir de ces compagnons de voyage, de ces étrangers que l'horreur a unis à moi, irréversiblement.

Y a-t-il encore à mes côtés des gens pour penser

que je suis noire ? Pour accorder de l'importance à la couleur de ma peau ? N'appartenons-nous pas tous, brusquement, au même peuple blafard ?

Agénor s'est évanoui en moi ; il n'y a plus dans mon cœur de chant, ni de couleur, ni de mots créoles, ni d'odeurs, ni de parfums. Je me croyais forte comme la vie, tout à l'heure, avec mes souvenirs des îles, je me sentais plus forte que les autres. Et maintenant, tout s'est effacé, comme la silhouette des îles dans la brume, derrière l'horizon, lorsque j'ai pris le bateau et traversé l'océan jusqu'à Bordeaux. Je revois un instant cet autre groupe de voyageurs un peu inquiets, mais si gais, si heureux de découvrir ou de revoir la France.

Aujourd'hui, je ne fais pas partie d'un groupe, mais d'un troupeau. Et je me rends soudain compte de la raison pour laquelle je pense au bétail : les fils de fer tendus sur des poteaux ; le train s'est arrêté au milieu de clôtures. Il n'y a pas de quai, pas de gare. Par terre, du gravier, de la poussière, du mâchefer ou je ne sais quoi ; de l'herbe rase et un peu jaune, pleine de mousse : comme le sol raboté par les gelées et par la neige, après l'hiver.

Le soleil – peut-on appeler cela le soleil ? – est jaune pâle, derrière une brume grisâtre. Il fait froid : je ne m'en suis pas rendu compte tout de suite. Nous nous étions habitués à cette sueur glacée qui nous inondait dans le wagon, et soudain une sorte de main gelée vient se plaquer contre ma poitrine. Je remonte comme je peux le col de Désiré sur son cou pour lui éviter cette emprise insupportable et que je devine mortelle. Suzanne fait de même avec Nicaise.

— J'aperçois des bâtiments, là-bas, en bois : on va pouvoir se mettre à l'abri du froid...

Suzanne n'a pas fini sa phrase qu'un soldat s'est approché d'elle, la tire par le bras, le bras qui porte ma fille :

— Les malades, rester dans le train...

Je suis prête à bondir, à hurler, à griffer, à gifler, à mordre, non pas Suzanne, mais l'autre, l'Allemand, l'ennemi, le vrai. Suzanne a le temps de me lancer un regard impérieux, noir, presque méchant, qui me cloue sur place, avant de répondre au soldat, dans un sourire :

— Pas malade ! Fatiguée... *Sie schläft*.

Mais le soldat tire toujours sur le bras de Suzanne : Nicaise glisse à terre le long de sa jambe. Derrière elle, je la maintiens debout en la prenant sous les bras, et plaque Désiré contre elle, comme un étau : l'illusion est donnée, Nicaise semble tenir debout. Combien de temps serait-elle restée ainsi ? Mais déjà le soldat a tourné les talons.

Pendant ce temps, le flot des passagers est passé devant nous. Aucun d'eux ne s'est retourné. Nous nous remettons en route, pour ne pas être à la traîne.

— N'avouez jamais qu'elle est malade.

Je reconnais cette voix derrière moi, c'est celle du médecin. Je me retourne : il ne marche pas, il titube ; il ne parle pas, il souffle, il s'essouffle ; il a le teint cireux. De ses vêtements, se dégage une odeur atroce, faite de sueurs, d'excréments, de maladies : on dirait qu'il a pris sur lui tout le mal de ceux dont il s'est occupé.

— Je ne vais pas tenir longtemps. Vous, vous devez tenir, tous les quatre. Soyez forts, ou faites semblant d'être forts. Ici, il n'y a pas de place pour les faibles, souvenez-vous-en. Maintenant, avancez, allez plus vite, et ne vous retournez plus.

Sa main se pose sur mon épaule pour me faire pivoter, pour me pousser en avant.

Suzanne est déjà repartie :

— Il a raison, viens. Ne te retourne pas si tu veux vous sauver, toi et tes enfants.

9

Une cheminée d'usine

— *Name ?*

— Sidonie, Sidonie Hellénon. H... E... L... L, deux L, *Zwei...*

— *Alter ?*

— Vingt-cinq. Vingt-cinq ans...

Je montre avec mes deux mains, deux et cinq.

— *Beruf ?*

— Je ne comprends pas !

— Profession.

C'est Suzanne, derrière moi, qui me souffle la traduction. Que dire ? Que répondre ? Infirmière ? Étudiante en médecine ? Ici, on a certainement besoin de personnel sanitaire. Peut-être aurais-je droit à un meilleur traitement ? Peut-être pourrais-je me déplacer plus librement, aller jusqu'aux constructions réservées aux hommes, retrouver Désiré... ? Alors je me lance :

— *Doktor. Ich, Doktor !*

L'officier assis devant son grand registre plein de colonnes lève enfin le nez vers moi, me regarde, me dévisage. Il éclate de rire. Il appelle son voisin, occupé comme lui à remplir un autre registre. Ils me regardent tous les deux. Tous, Allemands et Français, ont le regard rivé sur mon visage. Les Allemands n'en finissent pas de rire. J'entends une voix dans la file parallèle à la mienne :

— C'est vrai. Elle, docteur ! Elle a guéri ma fille !

Je ne me retourne pas. Je sais qui vient de prendre ma défense. Quelqu'un aboie un ordre qui réclame le silence. Moi, je réfléchis. C'est peut-être le moment de demander ce que je fais ici, de demander pourquoi on m'a arrêtée avec mes enfants, pourquoi on m'a pris Désiré.

Un silence de mort s'est installé derrière moi. Pourtant, j'entends des centaines de voix de femmes, un chœur intérieur, inaudible, mais qui monte à l'unisson en contrepoint à mes propres questions : « Que faisons-nous ici ? Qu'allons-nous devenir ? Quelle faute avons-nous commise ? »

Un ordre sec me ramène à la réalité avant même que j'aie pu demander une explication. L'homme devant moi ne me regarde plus. Il est, comme son voisin, à nouveau penché sur son registre :

— Deuxième classe. Signez !

Je signe. Je signe quoi ? Mon arrêt de mort ? L'abolition de l'abolition de l'esclavage ? C'est un formulaire en allemand. Je ne déchiffre que deux grosses lettres : N.N. Que veulent-elles dire ? Nègre ? Noire ? En réalité, je m'en moque. Je signe, je signe ce que l'on veut. Je veux partir d'ici, sortir. Ma torture, la seule, la vraie, celle qui m'avait été épargnée jusqu'à présent, porte un nom : Désiré. Mon fils, où est mon fils ? Je sais qu'il me cherche de ses grands yeux clairs. Je viens, Désiré, je viens.

Peu après l'arrivée du train, les Allemands avaient rapidement remis de l'ordre dans notre cohue. Ils nous avaient d'abord dépouillés de nos bagages les plus lourds. Ils nous avaient ensuite obligés à abandonner nos morts, puis nos malades. Après, au rythme de la marche, ils avaient séparé les hommes des femmes. Cela, je l'ai compris tout de suite. Mais je n'ai pas songé un instant qu'à cinq ans Désiré serait considéré comme un homme. Mon fils, un petit garçon, encore un bébé. Je me souviens qu'il a lâché ma main. Quelqu'un le tirait, quelqu'un me tirait, lui d'un côté, moi de l'autre. Et Suzanne me poussait dans le dos... Elle continuait de parler à mon oreille :

— Ne crie pas, ne te retourne pas. Ne crie pas, ne te retourne pas...

Pour l'instant, elle remplit le registre après moi. J'essaie de tendre l'oreille, de traîner un peu... Mais je n'entends rien que les questions habituelles. Elle répond aussi aux questions pour Nicaise qu'elle tient à demi cachée derrière elle. Elle dit que c'est sa fille, elle lui donne son nom... Pourquoi fait-elle cela ? En tout cas, personne ne semble remarquer que Nicaise est malade, ni qu'elle est brune de peau et de cheveux.

On me pousse déjà vers un nouveau point de contrôle : là, c'est nos bijoux qu'il faut abandonner ! Mon Dieu, que va-t-il me rester ? Calmement, je retire de mon cou la chaîne forçat que m'a donnée ma mère. Je la fais doucement glisser dans ma main fermée pour y garder la minuscule médaille en or qui représente la moitié de ma foi. Je tends la chaîne et conserve la médaille entre mes doigts serrés. Je plonge la main dans la poche de mon tablier, lâche la médaille, agrippe les deux anneaux créoles que j'avais ôtés avant de m'assoupir sur mon lit et mon ouvrage de couture. Je tends les anneaux. La médaille reste coincée dans un coin d'ourlet de ma poche. La chaîne forçat de ma mère, que lui avait offerte sa propre mère, esclave libérée, mes créoles qui avaient marqué mon entrée dans l'adolescence... Je me sens nue, privée de tous mes attributs. Trois siècles après mes ancêtres, me voilà donc bien revenue au point de départ : l'esclavage.

J'ai fini. Que reste-t-il d'essentiel dans le sac pendu à mon bras ? Rien. Plus rien n'est essentiel. Seul le petit carnet de moleskine aux pages blanches m'importe. Il est moins épais, plus discret que l'autre livre, ma bible. Je sors le carnet, et, en suivant la file vers laquelle on me dirige maintenant, je laisse tomber mon sac devenu inutile. Je glisse le carnet dans ma poche de tablier. Personne n'a rien vu. Non, je ne veux pas baisser les bras : je ne veux rien abandonner que de ma propre volonté. Et je me veux légère, pour retrouver Doudou.

Agénor, Agénor, conduis-moi jusqu'à Désiré !

J'ai froid, j'ai faim. Ici, c'est l'enfer. Mais Agénor, lui, connaît bien l'enfer. C'est lui qui fait monter du fond de ma mémoire créole le souvenir des temps de l'esclavage. Agénor me parle, et je me tais, je l'écoute…

« … il est quatre heures du matin, les esclaves de Saint-Pierre s'éveillent. Le son de la corne des lambis, gros coquillage d'un rose luisant, tonne, grave et puissant, rebondit de mur en mur, d'arbre en arbre et va s'éteindre là où s'éteint le même son de conque dans le domaine voisin. C'est l'heure du rassemblement dans tous les mornes de Saint-Pierre, devant la porte du maître qui dort encore profondément entre les colonnes de son lit semblable à un trône. »

Après une courte prière au dieu des Blancs, puis une autre aux dieux des Aradas, des Ibos, des Bambaras ou des Baoulés, chacun prend son coutelas et suit, pieds nus à travers l'herbe haute infestée de serpents, le cheval du commandeur jusqu'à la plantation. Le travail est dur, pénible, et l'on entend déjà résonner le bruit sec du fouet. Il faut retourner le sol, le racler une dizaine d'heures durant, en plein soleil. Lors des récoltes ou des roulaisons, le travail se prolonge plus encore et il faut rentrer tard dans la nuit, pour s'écrouler exténué sur sa paillasse…

Que peut-il m'arriver qui ne soit déjà arrivé à mes pères ? J'ai suivi non pas le commandeur, mais les soldats jusqu'à une cabane en bois où nous aurons peut-être moins froid. Est-il tôt ? Est-il tard ? Le soleil va-t-il se montrer, ou a-t-il déjà disparu ? Ma prière est incessante. Agénor m'enfonce dans l'horreur, dans une autre horreur, comme une immunisation qui me fera tout supporter.

Suzanne a réussi à se maintenir près de moi. Nicaise dort dans ses bras, dort ou rêve, écoute peut-être le chant d'Agénor, comme moi. Suzanne la fait passer d'une hanche sur l'autre. Ma pauvre Nicaise, si légère et si lourde. De temps en temps, j'attrape son poignet : le pouls est lent, très lent, mais il bat.

Agénor, raconte-moi encore...

« ... quand le travail traîne ou n'est pas fait au goût du commandeur, c'est le fouet; quand on s'arrête pour dévorer un fruit, l'estomac vide, c'est le fouet; quand on arrive en retard au rassemblement parce qu'on n'a dormi qu'une heure, c'est le fouet, sans pitié. Le châtiment le plus commun est celui des quatre piquets : on est étendu, nu, les quatre membres attachés fortement à des piquets dans le sol, et les coups de fouet, une douzaine, ou une demi-centaine, s'abattent inéluctablement. Le fouet, toujours le fouet... »

— Sidonie, Sidonie ! Tiens, j'ai trouvé du pain. Et puis, aussi, surtout, je sais où est ton fils.

C'est Suzanne qui me parle. Nicaise est couchée à mes pieds, et Suzanne s'est accroupie devant moi. Elle a les yeux brillants. Comment a-t-elle fait ?

— Comment es-tu sortie ?

— Je t'expliquerai plus tard. J'ai vu Désiré, il est dans une autre cabane, avec les hommes. Il y a des tas de constructions en planches. Il est avec un monsieur, un monsieur un peu âgé. Lorsque je l'ai vu, ils se tenaient par la main, ils avaient l'air de se connaître... Désiré ne m'a pas vue, j'étais trop loin, mais moi, je l'ai vu.

Agénor, tu me racontes des histoires atroces, et voilà que tu m'envoies Suzanne pour me bercer de contes merveilleux !

— Tu es sûre ? Tu ne me mens pas pour me rassurer ?

— Sidonie, je ne mens pas. J'ai vu Désiré. Je l'ai vu de mes yeux. J'ai vu aussi des choses moins réjouissantes... Je ne sais pas très bien quoi, des sortes d'usines, comme des constructions industrielles, avec des cheminées de brique, qui fument sans arrêt...

Agénor me l'avait bien dit : on va nous mettre au travail forcé, comme les forçats, comme les esclaves que nous sommes devenus. Mais cela me semble normal, au fond : que faire de prisonniers pendant la guerre, sinon les mettre au travail ? Ce qui m'inquiète, c'est Désiré. Avec qui est-il ?

Suzanne a donné un morceau de pain à Nicaise qui le grignote lentement. Et Désiré ? Qui va lui donner à manger ?

— Avec qui est Désiré ? Je ne peux pas le laisser seul.

— Je le saurai, je tâcherai de le savoir. Ils viendront me rechercher...

— Qui ça ?

— Les Allemands. Avec quelques autres, je leur sers d'interprète. Ils ont eu besoin de moi, tout à l'heure, quand tu dormais.

Je ne comprends pas bien ce qu'elle est en train de me raconter :

— J'ai dormi ? Tu parles allemand ?

— Oui, et c'est pour cela qu'ils m'ont arrêtée. Pas à cause de ma peau, à cause de ma langue... Ils ont cru que j'étais une espionne... Remarque...

Sans réfléchir, je me lève d'un bond, je bouscule toutes ces femmes agglutinées sur mon passage pour me frayer un chemin jusqu'à la fenêtre. Je veux voir Désiré, je veux voir mon fils par la fenêtre.

Il n'y a rien à voir. Rien que d'autres baraquements semblables au nôtre, et par-dessus un toit, une cheminée de brique rouge, presque noire à son extrémité, et qui crachote des fumerolles. Que peut-on bien fabriquer ici ?

Soudain, je repense au registre, à celui où je suis inscrite devant Suzanne et Nicaise. Nous ne pouvons disparaître tout à fait de la surface de la terre : nos noms sont inscrits là, sur ce registre, à tout jamais...

10

La ville morte

Entre la baie et les mornes avoisinants, Saint-Pierre semble né des cendres encore chaudes du volcan. La plus jolie ville des Antilles françaises, ma ville natale, de pierre et d'eau, se déploie comme au pied d'un trône, la montagne Pelée, le long de la mer, de part et d'autre de la douce Roxelane. Elle s'étale, s'étend et progresse sans cesse comme une nuée de spectateurs dans un vaste amphithéâtre depuis que d'Esnambuc, le premier Français, a débarqué ici voilà plus de trois siècles.

Deux rues très longues mais jamais monotones la traversent de part en part : la rue Bouillé et la rue Victor-Hugo. D'autres rues viennent s'y greffer comme des rameaux. On les appelle des cales. Aucune d'elles n'est plate. Elles sont même presque toutes très pentues, à tel point que certaines se transforment en véritables escaliers pour partir à l'assaut des collines ; et elles tournent, s'entrelacent, se courbent brusquement pour épouser les terres et les roches. L'une d'elles, je me rappelle, porte le nom de rue Mont-au-Ciel. Et c'est vrai qu'une fois gravies ses quatre-vingt-quatre marches, le ciel paraît alors plus proche...

Partout, du ciel ou de la montagne, on ne sait, le long d'absurdes petits trottoirs, coule l'eau claire et fraîche qui nettoie tout sur son passage. Çà et là, de proche en proche, on trouve une fontaine publique qui lance en plein soleil sa plume argentée, qui éparpille ses embruns scintillants et fait naître des arcs-en-ciel au nez des tritons noirs, au bec des cygnes de bronze. Et aussi les petites fontaines d'eau potable creusées dans l'angle des maisons, dans les murs épais qui bordent les boulevards ou les jardins publics. Tout cela chante, gargouille, glapit en coulant, en jaillissant, en ruisselant.

C'est à cause de ce doux vacarme, me dit maman, que les Pierrotins ont le verbe haut, plus haut que l'eau qui sans cesse a quelque chose à dire. Ainsi, lorsque l'un de nous se rend depuis Saint-Pierre jusqu'au chef-lieu, à Fort-de-France, il lui arrive de se faire rappeler à l'ordre : « Mais palé moin fô : ici a panì d'leau non ! »

Par la fenêtre de la baraque de planches, je ne vois qu'un ciel bleu, très bleu, et le soleil qui fait miroiter l'eau et porte ses reflets de vitre en vitre. C'est le bruit, une rumeur qui n'est ni celle des fontaines, ni celle de mon parler créole, qui soudain obscurcit mon rêve en couleur, plombe mon ciel, et délave mon soleil. Des coups, encore, des paroles en allemand, encore. Suzanne me tire par la manche :

— La fouille, la fouille et la toilette. Dépêche-toi. Nous n'avons que cinq minutes.

La toilette ? Dans quoi, avec quoi allons-nous nous laver ? La fouille ? Pourquoi ? Nous avons déjà tout donné. Et puis je me souviens : aussi démunie, dépouillée, dénudée que je sois, je possède encore deux objets, deux petits objets misérables qui me sont propres ; dans l'ourlet de ma poche de tablier, ma médaille miraculeuse et mon carnet de moleskine avec le crayon qui l'accompagne... Je ne peux rien donner de plus. Rien si ce n'est ma peau, mes souvenirs et mes croyances. Et pourquoi ne pas livrer Agénor, extirper Agénor de mon âme aussi !

Un soldat a apporté une cuvette d'émail écaillée au milieu de la pièce. Avec Suzanne, je rejoins le coin où dort Nicaise. Sur la cuvette, c'est la ruée. Je n'aurai pas le courage de me battre pour deux gouttes d'eau sale.

— Nous ne serons pas plus propres que nous ne le sommes maintenant, me dit Suzanne. On verra plus tard.

Mais le bruit de l'eau me rappelle ma soif. Nicaise a les lèvres blanchies, craquelées par la soif. Son front est moite. J'y pose ma bouche ; sa peau est trop chaude et trop salée... Dans la cabane, les femmes piaillent et se mettent à moitié nues autour du bassin. Le crépuscule qui descend voile leur nudité. Avec ce maigre jour gris, nous sommes toutes de la même couleur, personne ne s'apercevrait que je suis noire. Nous sommes toutes grises, de la couleur du ciel, de la couleur des planches, une couleur de bois qui a connu trop de neiges, trop d'hivers, trop de pluies battantes.

Il doit être cinq heures de l'après-midi, cinq heures et demie. L'heure de l'angélus. À cette heure-là, sur mon île, le temps change. Il pleut parfois. On sait qu'elle va arriver, la pluie : une immense armée de cafards se met à déferler par les portes et les jalousies en volant, affolés, accompagnés d'une nuée de fourmis ailées et malodorantes. La lumière des lampes se voile et prend l'aspect surnaturel d'une langue de feu, comme un esprit saint.

Saint-Esprit, Vierge Marie, et toi, Agénor, Nègre malin, Nègre marron, vous n'allez pas m'abandonner dans ce crépuscule ignoble et impie ? Je voudrais monter, monter jusqu'à l'église où autrefois me conduisait Victoire. Le chemin à gravir était difficile, encore tout écorché de l'éruption du début du siècle. Mais, là-haut, même par les soirs de pluie, on trouvait la lumière et la paix. Nous demandions pardon pour nos méfaits et nos cruautés d'enfants. C'est que, les jours pluvieux, les annolis se cachent et laissent la place à de curieuses petites grenouilles, chantantes, translucides et albinos, et aussi à de gros crapauds jaunes et ladres, qui deviennent vite les souffre-douleur des enfants. Ils souffrent le martyre, au nom du bien et de la purification. Moi aussi, petite fille, j'en ai fait souffrir. Car à Saint-Pierre, le crapaud incarne le mal, et pour déjouer le mauvais sort de sa rencontre, j'avais dans ma poche, comme les autres, une poignée de gros sel. C'était cruel, mais rituel : le sel projeté sur la peau si fine et si fragile du batracien le dévorait. L'animal jaunâtre, grisâtre, semblait étouffer ; il gonflait et ses yeux exorbités par la douleur lui donnaient définitivement l'apparence d'un monstre ou d'un démon. Je le pourchassais dans ses retranchements, et chaque poignée de sel le transformait et métamorphosait son agonie. Lorsque sa peau devenait rouge écarlate, lorsque son saut n'était plus qu'une tentative pour ramper, lorsque son souffle était saccadé, alors je l'abandonnais à la Providence ; à la Providence qui sauvait ou condamnait les démons ; ce n'était plus mon affaire d'être humain. Avais-je été juste ou barbare ? Ce n'est que très longtemps après que je me suis posé la question.

Les soldats passent parmi nous, tâtent nos vêtements à la hâte, sans conviction. La main dans la poche, je m'assieds, je fais tourner mon tablier, je me serre contre Nicaise, et coince ainsi ma main, la médaille et le carnet entre nous. Comme je voudrais sortir cette main repliée sur une poignée de gros sel pour la jeter à la face de ce soldat qui me frôle et dont le visage est étrangement dévoré par le crépuscule. Ces créatures casquées me semblent plus monstrueuses encore que les crapauds et les zombis de mon enfance pierrotine.

Suzanne s'assied à côté de moi, pose sa main sur la mienne, celle qui n'est pas dans ma poche :

— Je crois que nous n'aurons pas de lit ce soir. Nous allons passer la nuit ici.

Comment sait-elle cela ?

— Ne t'endors pas, Sidonie. Nous allons rester toutes les deux à veiller, et je t'emmènerai voir Désiré...

Un coup de coude, et la voilà qui se tait. Je suis son regard : au ras du sol, une ombre noir et bleu rampe comme un serpent. Un visage étrange, simiesque, se détache peu à peu de l'obscurité. Je vois un crâne chauve et l'éclat d'un regard qui s'accroche au mien. Un sourire ignoble. Et puis une main qui se tend. Au bout, un objet qui luit. Suzanne et moi ne bougeons pas mais tentons de discerner l'éclat et les contours de l'objet que l'ombre tend vers nous. Un flacon, c'est un flacon à moitié plein.

La voix de cet être monstrueux, de cette femme méconnaissable, monte vers nous, comme un souffle rauque :

— *Wasser, Wasser, agua...* Eau. Ta fille...

Je comprends, elle m'offre de l'eau. J'ai à peine esquissé le geste de tendre le bras vers l'objet si précieux que la main de l'ombre s'est déjà repliée, et que celle de Suzanne s'est interposée.

— Non, n'accepte pas.

— Mais Nicaise, Nicaise en a besoin...

— Ce sera pire si tu acceptes...

Je ne comprends pas. Je sens un étau de fer se fermer sur l'une de mes chevilles...

— Elle va te prendre tes chaussures. Sidonie, Sidonie, ne la laisse pas...

C'est curieux, la rapidité avec laquelle la violence se meut, même dans l'obscurité, même dans le silence. Deux mains délacent ma chaussure. Je sens qu'on me l'ôte. Mais déjà j'ai repris mon bien, et je frappe, je frappe de toutes mes forces. M'enlever mes souliers, ce n'est pas possible. Aller pieds nus, comme les esclaves de la Rue Cases-Nègres du sud de l'île, ce n'est pas possible ! Nicaise ne peut pas être la fille d'une esclave, même pour un peu d'eau. D'ailleurs, me l'aurait-elle donnée, cette eau ?

Notre pugilat silencieux a attiré l'attention : je devine des visages blafards tournés vers nous, comme si nous étions en train de nous disputer un butin. L'ombre – si peu femme, tellement démon – a dû sentir la menace : elle s'est sauvée. Saurais-je même la reconnaître demain en plein jour ?

Je relace ma chaussure en tentant de comprimer ce souffle de colère, de révolte et de peur qui bat trop vite dans mes poumons. Je me tourne vers Suzanne. Déjà elle a ouvert ses bras, et contre son épaule je pleure de fatigue et d'énervement.

— Chut ! Tais-toi ! Calme-toi ! Essayons plutôt de retrouver Désiré. Mais pour cela, il faut que personne ne nous entende, et que Nicaise reste profondément endormie !

Je n'avais pas pensé à cela : partir à la recherche de mon petit, c'est abandonner sa moitié jumelle, perdre une fille pour un fils, ou un fils pour une fille.

— Suzanne, je ne peux pas la laisser seule ! Et puis il y a cette horrible femme chauve !

— Il faut choisir, Sidonie. Si nous sortons, il faut sortir seules. De toute façon, nous ne pourrons pas nous absenter longtemps.

D'un côté, le long de ma jambe, je sens la

chaleur calme de Suzanne. De l'autre, comme un petit brasier à la fois trop ardent et vacillant, la chaleur fiévreuse de Nicaise, et l'imperceptible tremblement de son corps. À moins que ce ne soit le mien...

Le camp n'est que silence, nuit noire, trouée ici et là par des projecteurs aveuglants. La rue est large, très large. Elle paraît démesurée parce que les baraques qui la bordent, toutes pareilles à la nôtre, sont plus petites que des maisons. On dirait que leurs murs vont s'envoler au moindre souffle. Tout semble prêt à s'effondrer. La rue est large et vide. Les flaques de boue étaient verdâtres à notre arrivée. Elles sont maintenant presque bleues, et luisent dans l'obscurité. Il fait froid, humide, comme si l'air de la nuit s'était transformé en épaisse pâte gluante. Pourtant je suis heureuse d'être dehors : ni enfermée, ni enchaînée, ni prisonnière, libre. Suzanne marche devant moi, lentement mais régulièrement, sans se retourner. Seul geste à mon intention, sa main ouverte derrière elle, et qui se raidit comme une barrière chaque fois que nous devons ralentir. Et nous ralentissons à chaque coin de cabane, à chaque coin de rue, si on peut appeler ainsi ces grandes et lugubres allées.

Il me semble qu'il y en a des dizaines, presque des centaines, de ces rues et de ces baraques. Tout est construit à angle droit. Par-dessus les toits à peine inclinés, la grande cheminée dresse son ombre noire qui paraît se déplacer et suivre notre marche. D'autres lueurs apparaissent au-dessus des toits. Certaines fenêtres sous lesquelles nous passons en nous baissant ont les carreaux cassés. Pourtant, aucun bruit ne nous parvient : ni chuchotement ni ronflement. On pourrait croire que ces cases carrées sont vides. Mais la nôtre aussi, lorsque nous l'avons quittée, semblait comme morte. Entre ces murs de bois, ce ne sont pas des êtres qui dorment, mais des animaux que l'on a assommés...

Comment retrouver Désiré dans cette ville hantée, dominée par une cheminée bien plus effrayante que celle d'un volcan ? Ici, pas de trottoir, pas de rochers ni de pierres. Et si cendre il y a, elle n'est pas à nos pieds, mais flotte dans l'air et s'insinue dans nos poumons.

Suzanne s'arrête, tend l'oreille, dresse la main. À deux mètres d'elle, j'écoute le silence. Il me vient une idée – un instinct plus qu'une idée : je ne retrouverai pas Doudou par la vue, mais par l'oreille... Mes lèvres s'ouvrent sur un léger souffle qui commence à chanter et qui, à lui seul, met la vie dans cette ville morte aux eaux stagnantes : une titime, une comptine enfantine, un cri d'amour chuchoté monte en moi, une berceuse douce, un refrain doux : « Doudou à moin Désiré, Doudou à moin Doudou... »

Ki ka pati.

Suzanne ne se retourne pas, ne bouge pas, me laisse faire.

11

La déchirure

Égoïstement, je me mets à souhaiter que les carreaux, que tous les carreaux de toutes les baraques soient cassés, pour que Désiré entende mon appel quand je passerai près de lui. Car chaque fois que j'ouvre la bouche, Suzanne me fait un signe de la main : moins fort, moins fort...

Dans le silence, dans l'obscurité, quelque chose se met à vivre et à vibrer. Malgré toute la concentration de mon amour qui tâtonne et qui cherche, je m'aperçois peu à peu que mon chuchotement trouve un écho, qu'une sorte de fourmillement répond au froissement de nos pas, à Suzanne et à moi. D'autres ombres, à peine perceptibles, hantent les allées que nous traversons : d'autres mères, d'autres épouses, d'autres sœurs ? Dérisoire ballet nocturne d'êtres égarés partis à la recherche d'autres êtres égarés ! Sinistre partie de cache-cache et de colin-maillard !

Un instant, un instant seulement, je désespère de la vanité de mon entreprise, mais Suzanne, maintenant derrière moi, s'est mise à m'encourager.

Quelquefois, un visage blafard vient s'écraser

contre une vitre. J'évite de croiser son regard. « Désiré, Doudou, Désiré... »

— Maman !

Je suis en route vers la baraque suivante lorsque ce mot, seul, immense, et pourtant à peine perceptible, explose dans mon dos. Suzanne a déjà mis sa main à plat sur une vitre en partie brisée. Je me précipite, je bouscule Suzanne et découvre le visage de Désiré, dont le souffle fait un petit halo de vapeur par l'ouverture acérée du carreau cassé.

— Maman ! Je suis là !

Je passe le bout des doigts sur le nez, les lèvres entrouvertes de mon enfant.

« Mon fils, mon petit... », c'est tout ce que je peux dire. Des larmes chaudes me couvrent le visage. Désiré les a vues.

— Ne pleure pas, maman, ça va, il y a Monsieur...

Soudain, je comprends l'incompréhensible, le plus improbable des hasards. Un autre visage s'inscrit dans le carreau supérieur et me fait lever les yeux : M. Dubreuil. Lui aussi, il pleure. Il pleure mais il me sourit. Nos regards s'ancrent l'un dans l'autre, et je sais que dans sa tête défilent les mêmes images que dans la mienne : les arbres du parc, les couloirs du petit château, la vaste cuisine, qui auraient sans doute été moins gais si deux enfants au sang mêlé, deux enfants métis, ne les avaient pas fait résonner des chants appris de leur mère.

— Maman, viens, entre ! Et Nicaise, est-ce que Nicaise est avec toi ?

Je devine que Désiré se hausse sur la pointe des pieds pour tenter d'apercevoir sa sœur. Suzanne, en souriant, fait non de la tête. Aurais-je, moi, le courage de sourire ?

M. Dubreuil dit quelques mots que je n'entends pas à l'oreille de Désiré, puis me fait signe du doigt : non. Je remarque que son visage est calme, presque reposé, mais légèrement cireux, et très amaigri.

Je comprends : non, je ne peux pas entrer. Maintenant, son regard me fait peur : je n'y vois plus les souvenirs du passé heureux. Je n'y vois plus que des nuages. J'ai attrapé les doigts de Doudou, mais je continue de regarder M. Dubreuil. Ses yeux semblent vouloir me dire quelque chose que sa bouche ne se résout pas à prononcer.

C'est incroyable, tout ce qui peut se dire, se transmettre à travers un carreau sale ! Tous mes instincts, toutes mes intuitions me tiennent lieu d'entendement pour écouter les phrases silencieuses.

— Maman, viens, reste avec moi, avec nous...

— Oui, oui, chéri, je viens.

M. Dubreuil, enfin, ouvre la bouche : je ne l'entends pas mais je lis sur ses lèvres : non !

Doucement, il écarte mon fils du carreau brisé et s'accroupit pour placer sa bouche à hauteur de l'ouverture ; je me précipite vers lui et sans lui laisser le temps de parler je pose toutes mes questions sans réponse :

— Monsieur Dubreuil, que se passe-t-il ? Pourquoi sommes-nous ici ? Qu'avons-nous fait de mal ? Où est Mme Dubreuil ? Nous avons été dénoncés ?

Cette fois, il fait oui.

— Parce que vous êtes juif ?

— Ma femme était juive. Mais juive ou noire, quelle importance, maintenant ?

Que veut dire cette phrase ? Déjà, il reprend :

— Sidonie, ce n'est plus le temps des questions, c'est maintenant le temps du courage, quelles que soient les circonstances, vous comprenez ? Ma femme est morte dans le train. Je n'ai pas pu la protéger, la sauver. Il faut avoir du courage. Ici, dans ce baraquement, il n'y a que des hommes, des enfants, je veux dire des garçons. Je m'occupe de Désiré, vous vous occupez de Nicaise. Plus nous serons dispersés, plus grande sera notre chance...

Il se tait une seconde, puis :

— Notre chance de survivre !

Je sens mes yeux s'agrandir. Mon instinct ne m'avait pas trompée : il en sait beaucoup plus long que moi.

— Monsieur Dubreuil, je vous en supplie, c'est le moment de tout me dire, nous n'en aurons peut-être plus jamais l'occasion.

Il se retourne vers Désiré. Suzanne sourit et fait des signes à l'enfant. Sans doute pour le distraire de ce que M. Dubreuil a à me dire :

— J'ai pu savoir que nous sommes en Pologne, près d'Auschwitz. Nous attendons un convoi en partance pour Lodz.

Lodz ? Je ne comprends pas ce mot.

— Lodz, une autre ville de Pologne, précise-t-il.

Qui aurait jamais pu dire que le destin me conduirait en Pologne ? Si loin, encore plus loin de mes îles. À l'est, mon destin me conduit toujours plus à l'est. Agénor, je fais ton voyage, ton voyage à rebours. Pologne ! Ce mot fait naître d'étranges images en moi, des images vues dans des livres, il y a longtemps : des visages clairs encadrés de tresses blondes et couronnés de fleurs et de rubans multicolores. Blondeur, pâleur, couleurs de pastel. Pologne : pour moi, ce mot n'est qu'un vague cliché exotique.

Une douleur dans le bras, une douleur dans la hanche : je suis par terre. Suzanne, d'un coup violent, m'a fait tomber, et, déjà, elle aussi allongée, me traîne. J'ai la bouche ouverte pour hurler. Sa main m'en empêche. Je lève les yeux vers la fenêtre : les silhouettes de M. Dubreuil et de Désiré se sont évanouies...

Suzanne tend le bras vers l'arrière pour me montrer quelque chose : deux ombres, là-bas, au bout de l'allée. Elles se dirigent vers nous. Elles ne sont pas courbées ni furtives comme celles que nous avons devinées à l'aller. Elles ne se cachent pas, elles sont droites, décidées : deux soldats allemands.

Suzanne me tire par le coude à m'en faire mal. Nous rampons ; nous rebroussons chemin en rampant et en rasant les murs de planches. Nous avançons vite, mais les soldats se rapprochent pourtant inexorablement. Ils sont maintenant assez proches de nous pour que nous voyions dans l'obscurité qu'ils sont armés. Traverser les rues transversales est dangereux : la boue et, surtout, le découvert me terrifient. Nous sommes comme des vers sous la menace du bec de noirs corbeaux.

Enfin, un autre baraquement.

— *Vini ici, ya, yo kaille mitraillé zot !...*

Une phrase en créole ! Et ce n'est pas moi qui l'ai prononcée ! Un visage dans l'entrebâillement d'une porte ! Et une main qui fait signe d'entrer. Cette fois-ci, c'est moi qui tire Suzanne :

— Là, entrons là, sinon, ils vont nous attraper.

L'intérieur d'une baraque, à nouveau, pleine à craquer, comme la nôtre. Il n'y a que des femmes. Nous sommes revenues dans le quartier des femmes.

— *Vini, ici yà çé place moin !*

La femme est antillaise, c'est certain. J'essaie de discerner ses traits sombres. Elle est mulâtresse. Et son crâne est rasé... Étrangement, cela m'est égal. La musique du langage si cher à mon cœur, mon cœur ne l'écoute pas, écartelé qu'il est par mes deux enfants. Nicaise, devant moi, Désiré derrière, à moins que ce ne soit l'inverse. Je les ai perdus tous les deux. Je savais bien que je ne devais pas laisser Nicaise ! Mais si je n'étais pas partie à la recherche de Désiré, maintenant, restée auprès de Nicaise, j'imaginerais le pire... Au moins, je sais qu'il est en vie, qu'il n'est pas abandonné. Mais Nicaise ?

Désiré, Nicaise...

Dans le silence, un instant suspendu, nous entendons dehors le bruit des bottes et le cliquettement des armes.

Je ne me souviens plus de ce qui s'est passé

ensuite. J'ai dû m'effondrer, m'évanouir, ou dormir. Il n'y a plus dans ma tête que deux noms qui tournoient, enlacés : Nicaise, Désiré, Désiré, Nicaise...

Lorsque je reviens à moi, un tout petit filet de jour entre par la fenêtre. Et la mulâtresse ? Et Suzanne ? Où sont-elles ? Autour de moi, des femmes aux yeux noirs et au teint sombre : des Tziganes ! Ainsi, pour les Allemands, les Noirs ou les métis n'existent pas, ils n'appartiennent à aucune catégorie. Moi j'ai été emmenée comme Juive noire. Et l'Antillaise qui nous a sauvées de la ronde, elle, a dû être raflée comme Tzigane noire !

Et Suzanne ? Pas juive, pas noire, pas tzigane... Où est Suzanne ?

Un éclair d'espoir me soulève la poitrine : Suzanne est sûrement retournée auprès de Nicaise. Je me rappelle sa promesse : « Nicaise, je m'en charge ! ».

Je dois les rejoindre. Tout de suite. Le camp sommeille encore. Je me glisse à l'extérieur et vais droit vers la baraque la plus proche. La nôtre doit être la suivante.

Je bondis pour l'atteindre. J'entre et j'aperçois Suzanne qui dort dans un coin. Seule. Je la réveille : où est Nicaise ?

Suzanne me dit qu'à son retour dans la baraque Nicaise avait disparu. Mais où est-elle alors ? Suzanne m'annonce qu'elle a interrogé les autres femmes qui sont ici. Elles ont bien vu une petite fille de couleur qui pleurait beaucoup et répétait sans cesse : « Maman, Désiré... » Puis la petite silhouette enfantine est sortie, trébuchant dans la nuit.

Ma fille est malade. Je dois la retrouver. Sans ma présence elle va mourir.

Je m'élance dehors comme une folle. Un éclair se dresse devant moi, imposant : un officier SS sanglé dans son uniforme.

— Où est ma fille, où est ma fille ?

Sa cravache s'abat sur mon visage.

Derrière lui, d'autres soldats pénètrent dans notre baraquement, lançant des ordres cassants, secs, pour réveiller celles qui dorment. Une sirène hurle. Un brouhaha indescriptible s'ensuit. Des formes humaines se lèvent, affolées.

— *Schnell... Im Zug... Ravensbrück...*

Je comprends : l'enfer recommence. Nous changeons de camp, mais hélas ! pas pour Lodz, pour Ravensbrück, me confirme Suzanne.

Que vont devenir mes enfants ? Où vont-ils aller ? Avec qui ? Comment vais-je les retrouver ? Quand ? Où ?

Les fusils nous indiquent la sortie de cette antre de désolation et, dans l'aube glaciale, nous poussent vers d'autres trains, d'autres horribles chenilles grises et fumantes qui halètent d'impatience.

Le camp regorge de loques, de cadavres, d'odeurs nauséabondes. Devant nous passent dans des charrettes de bois des amas humains squelettiques, décharnés. Des hommes. Des femmes. Des enfants.

Soudain, l'une des charrettes bascule. Les corps

s'éparpillent sur la terre battue boueuse. Parmi ces êtres qui agonisent un petit corps presque souriant, de couleur, les yeux ouverts, révulsés. Je le reconnais : Nicaise, ma fille, ma bien-aimée. Ma tête chavire. Pas un son ne sort de mes lèvres. Égarée, je m'approche de la charrette pour prendre son corps dans mes bras. Un nouvel ordre en allemand, un coup de crosse dans les reins. Hébétée, anéantie, emportée de force par Suzanne, qui est restée à mes côtés, j'avance comme une somnambule vers le train qui nous attend.

Un train ! Un train, encore ! Toute l'horreur du précédent. Mais je suis seule. L'horreur, maintenant, ce n'est pas le train, c'est la solitude. Je suis seule, je n'ai plus d'enfants, plus de Nicaise, plus de Désiré. C'est-à-dire personne.

Des mots s'échangent dans ce nouveau wagon. Je ne les comprends pas. Je crois que personne ne se comprend. Autour de moi, il n'y a que des femmes. Mais physiquement, nous sommes toutes dissemblables, grandes, petites, blondes, brunes. Il y a même, là-bas, une jeune femme de type asiatique. Nous sommes toutes différentes et pourtant semblables. Nous ne sommes plus personne. Plus rien. Pas même des animaux. Des animaux auraient-ils accepté sans une plainte de se laisser charger dans un nouveau train ?

Un désespoir sans fond m'envahit : j'ai perdu Nicaise à jamais, et j'ai abandonné Désiré. Il est resté avec M. Dubreuil. Est-il encore à Auschwitz ou déjà à Lodz ? Mange-t-il à sa faim ? Mon fils noir aux yeux couleur du ciel ? Je n'ai même pas pu fermer les yeux d'or, le regard de feu de Nicaise d'où tant de flammes ne demandaient qu'à sortir. Comment survivre lorsqu'on a perdu toute vie aimée et tout espoir ?

De nouveau, je sens déferler en mes veines l'Afrique interdite, ignorée, bafouée.

12

Arbres de vie, arbres de deuil...

Les Noirs d'Afrique n'acceptaient pas d'être capturés, vendus et expédiés vers le Nouveau Monde sans résister farouchement. Cette faculté de rébellion, plus tard, dans les îles, les Nègres marrons eux aussi l'avaient héritée. Mais ici, dans ces wagons pleins à craquer, qui résiste ? Nous nous laissons tous embarquer sans rien dire, sans rien tenter. Dans cette guerre contre les Allemands, les tribus européennes se sont-elles, comme certaines tribus africaines d'autrefois, vendues les unes les autres ?

Curieusement, monte en moi une certitude : ma vie, mon passé composent un puzzle dont certaines pièces ont déjà été mises en place par le destin de mes ancêtres et dont certaines autres, plus récentes, se présentent à mon esprit avec obstination, sans que je sache où les placer.

Mon départ de la Martinique, ma venue en France, ma rencontre avec Jean, la naissance de mes deux jumeaux, mon arrestation avec les Dubreuil... Pourquoi ai-je été arrêtée ? D'ordinaire, d'après ce que je sais, les domestiques des Juifs ne sont pas inquiétés.

Socrate, mon père, Victoire, ma mère, vous, si

loin, si loin à l'ouest, vous me semblez devoir prendre aussi votre place dans ce puzzle qui se cherche, s'assemble et m'écartèle.

Agénor, c'est toi qui brisais les chaînes, qui déjouais l'étroite surveillance des gardiens en armes. Sous sa peau noire, chaque homme qui n'était pas encore tout à fait un esclave portait la force indéracinable que tu y avais mise. Mais moi, seule au milieu des autres à te connaître, Agénor, tu ne m'as dotée que d'une minuscule parcelle de ta force. Et d'un moment à l'autre cette force peut devenir fragilité.

Les prisonniers noirs étaient toujours enchaînés lorsqu'on les conduisait sur les bateaux. Les négriers savaient que, sinon, leurs prisonniers tenteraient de s'enfuir. Des gardes armés les escortaient et veillaient à ce qu'aucun d'eux ne manque à l'entrée dans les cales. Pourtant, ces malheureux étaient si farouchement animés de l'esprit d'Agénor qu'ils osaient sauter des canots ou du bateau, au risque d'être abattus ou de mourir noyés. Ici, pas même la liberté de sauter de ce train en marche, verrouillé avec soin par les soldats allemands.

Dans ces wagons qui nous emmènent, nous ne portons pas de chaînes, pas de chaînes visibles. Combien nous a-t-on vendus ? Qui profite de ce trafic d'êtres humains anéantis, de cette monnaie dévaluée qui se laisse ainsi charger et décharger sans résistance ?

Le train semble ralentir sa course, s'arrêter. Brusquement il s'immobilise. Va-t-on enfin nous laisser sortir ? La porte glisse lentement et la lueur du jour envahit notre wagon à bestiaux. Le vacarme est assourdissant. Partout des uniformes allemands, des hommes qui courent dans tous les sens, des chiens, des armes.

— *Raus, schnell !*

Nous sommes dans une petite gare, laide, entourée de sapins enneigés. Sur un panneau est inscrit un nom : Fürstenberg. On nous fait aligner le long du train, puis avancer en colonnes par cinq, dans une neige fondue par la potasse. Mes pieds sont glacés. Mes pauvres souliers ne les protègent plus des rigueurs de l'hiver.

Tout est gris, le ciel, les arbres, le sol. Pas un rayon de soleil, juste un lac gelé avec des villas pourtant coquettes et quelques fermes. Un petit groupe de personnes nous regarde passer. Quelle est cette lâche complicité avec nos bourreaux ? Pourquoi ne protestent-ils pas ? Pourquoi ne nous disent-ils rien ?

Soudain, après environ une heure de marche, une enceinte couronnée de fils de fer barbelés se dresse devant nous. Accrochés à cette paroi, des écriteaux avec une tête de mort, deux tibias croisés et une inscription en allemand signifiant sans doute : « mort électrique ».

Nous passons par une porte gigantesque, puis devant deux bâtiments verts gardés par des soldats, et pénétrons à l'intérieur du camp. De hautes cheminées fument et dominent tout, crachant des flammes rouges de plusieurs mètres. À perte de vue s'étendent des baraquements semblables et numérotés, des sortes de blocs de bois ou de pierre. Nous sommes toutes rassemblées face à ces énormes bâtisses, le vent glacé nous pétrifiant sur place. Je vois des femmes en tenue de bagnard, vêtues de toile rayée et dont certaines portent dans le dos un immense X de couleur blanche, qui coupent du bois, tandis que d'autres transportent dans des brouettes des sortes de grosses racines qui me font penser à nos ignames et choux antillais. Sur leurs vêtements, d'étranges signes de différentes couleurs : triangles verts, rouges, violets, noirs, roses, et une grande quantité d'étoiles jaunes.

On nous répartit en groupes égaux et nous partons vers une grande bâtisse en brique : les douches. Nous sommes une centaine de femmes nues sous les jets d'eau à peine tiède. J'ai laissé mon petit carnet de moleskine dans ma poche, vais-je le retrouver ? J'ai encore ma médaille sous la langue, comme à Auschwitz. Seul un miracle me permettra de récupérer mes habits et ce petit carnet. Je me mets à prier mes deux vierges, vierge noire, vierge blanche, et Agénor.

Non loin de moi, Suzanne. Comment a-t-elle fait pour me rejoindre ? Est-ce le hasard ? Je ne le crois pas. Avant que je puisse m'approcher d'elle pour lui poser la question, les jets d'eau s'arrêtent. Je claque des dents tant il fait froid. Un nouvel ordre, cette fois-ci pour une fouille individuelle. Nous passons à l'épouillage : c'est une horrible inspection de la chevelure et de toutes nos parties intimes. Lorsque je sors de cet examen, je ne vois plus Suzanne. Des paquets de linge sont alignés sur une table. J'attrape une vieille robe trop longue pour moi, une paire de chaussures et mon vieux tablier qui a échoué là par miracle – et, j'en suis sûre, grâce à mes prières.

Je n'ai revu Suzanne que plus tard, dans la baraque où l'on m'a envoyée avec mes compagnes. C'est le block 23. Un block identique aux autres, mesurant cinquante mètres de long, avec une toiture en carton bitumée. Nous sommes des centaines rassemblées là. Il n'y a pas assez de place, pas assez de lits pour nous toutes. Nous devons vivre – ou plutôt survivre – dans une promiscuité totale. Les lits superposés ressemblent à des cages à lapins et l'on s'y entasse à trois. D'autres dorment à même le sol sur des paillasses souillées par les occupantes qui les ont précédées.

Hébétée, j'allais d'une couche à l'autre, quand une main s'est posée sur mon épaule.

— Suzanne ! Suzanne !

— J'ai entendu que ton groupe était envoyé dans ce block. Je m'y suis glissée sans qu'on m'arrête. Nous devons rester ensemble.

Je la regarde sans rien dire. Les mots n'ont plus de sens. Je suis amputée de mes deux enfants, et Suzanne a le crâne rasé. Qu'ajouter ?

Un peu monstrueuse avec ses traits trop purs, trop aigus, Suzanne est dépouillée de son épaisse auréole brune et bouclée. Elle a aussi perdu ses lunettes et son visage m'apparaît dans toute la finesse de ses traits émaciés, effrayant de beauté nue.

Beaucoup de femmes sont rasées. Certaines

portent des fichus gris ou d'horribles petits bonnets rayés. Par réflexe, je porte mes mains à ma chevelure. Je suis prête, oui, presque prête à abandonner cela aussi, comme un bras ou une jambe. Mes cheveux sont affreusement emmêlés. Je les ai tortillés en nattes solidement attachées qui constituent comme un bonnet de cheveux naturels.

Les cheveux, aux Antilles, sont le signe visible d'une sorte de pouvoir évaluable à leur qualité, à leur longueur. Les « têtes grénées », c'est-à-dire crépues, provoquent la raillerie. Avoir les cheveux lisses, c'est montrer que l'on est loin de l'esclavage, de la case départ africaine et de la case de l'oncle Tom. De même, plus claire est la peau, plus loin est l'Afrique. Ma chevelure à moi est lisse, ma peau est « sauvée », et son grain est celui de la sapotille : peau de pêche, comme on dit aussi.

Je regarde le crâne de Suzanne ; mon cœur crie « Nicaise ! » et le peu de raison de vivre qui me reste crie : « Tais-toi, n'oublie pas Désiré. »

Comme c'est étrange de voir tant de femmes rassemblées ! Ravensbrück est un village d'Europe, en contact avec le reste du monde ; et pourtant Ravensbrück est une ville hors du monde. À part les SS, il n'y a que des femmes dans ce camp : des prisonnières et des femmes soldats. Comment peut-on, étant femme, devenir soldat ? Les femmes SS, dans leurs longues pèlerines noires et leurs uniformes gris, sont une vision difficile à soutenir, et les responsables de chaque baraque, ces femmes qu'on appelle des *blockowa*, ne semblent pas valoir mieux. Sont-elles ici par force, comme nous ? Est-ce leur métier que d'être garde-chiourme ? Ont-elles des enfants, des maris, des amants, qui les attendent en dehors de cet univers absurde ?

Nous sommes toutes déguisées : nos gardiennes en uniforme gris, et nous dans des tenues sans couleur, comme affublées pour un carnaval de cauchemar. A-t-on jamais vu un carnaval sans couleurs ?

« Vaval », aux Antilles, c'est la fête de la couleur. Les costumes sont simples, mais gais et chamarrés : costumes de pages, de pierrots, de médecins, de Nègres gros-sirop. Les Nègres gros-sirop se promènent dans le plus simple appareil, mais tout enduits de sucre cuit. Les costumes les plus effrayants sont ceux des diables de la mort. Effrayants, mais colorés, eux aussi, superbes, majestueux. Costumes rouges cousus d'une infinité de petits miroirs qui captent la lumière, les images, les regards, et les projettent déformés. Peut-être les diables de la mort, avec la complicité du soleil, nous renvoient-ils nos vrais visages ?

Carnaval, religion de la vie, de la survie, où dieux et diables cohabitent. Et les enfants des rues, en guenilles, font la ronde autour d'un diable géant et cornu, chantent et frappent dans leurs mains sur un rythme court et saccadé : « *Diab' la ka mandé en ti manmaille ! En ti manmaille pou li mangé !* » Est-ce la peur d'être mangés qui les fait courir si vite du haut en bas de la ville ?

Saint-Pierre danse sur la pierre noire de ce qui fut lave et braise. Sont-elles bien éteintes ? Saint-Pierre danse la calenda, le laghia, la haute-taille, le bel-air, la biguine et la polka...

Ne sait-on plus danser la polka en Pologne ?

À perte de vue, je ne vois, dans cette monstrueuse ville de planches et de pierre, qu'une danse macabre. Nous ressemblons toutes à des épouvantails, marqués de triangles ou d'étoiles, de matricules, les jambes sanglées dans des chiffons, des morceaux de papier, la taille liée par de la ficelle.

Depuis combien de temps suis-je ici ? Quelques heures sans doute, mais j'ai l'impression d'y être depuis toujours. Je me sens vide, laide, ridicule, humiliée. Mais déjà aussi, peut-être, indifférente. Le comble de l'horreur, n'est-ce pas d'accepter l'horreur ?

Les plus anciennes parmi nous ont l'air de somnambules, hébétées, enfermées en elles-mêmes pour se protéger de l'extérieur. Et puis il y a celles qui n'ont sans doute pu refuser la réalité qu'en devenant folles : certains regards ne trompent pas ; celles-là ont déjà perdu la raison.

Je suis lasse, anéantie, meurtrie. Jamais je n'ai encore éprouvé un tel sentiment de néant, de solitude et d'angoisse. Mais je ne dois pas désespérer. Il faut que je vive. Pour Désiré, qui est maintenant mon unique enfant.

13

Le chien-fer

« Tout manquement au régime disciplinaire sera puni des peines les plus graves... »

Une phrase qui fait penser qu'il existe un code. Or, ici, il n'y a aucun recours, aucun code. C'est la loi des besoins élémentaires. Tout objet qui répond à ces besoins est une richesse, et toute richesse est convoitée. À part mon petit carnet sur lequel je note ce que je peux avec le bout de crayon qui me reste, je ne possède plus rien. Mon seul trésor est l'amour. L'amour de mes parents, reçu en héritage, celui de Victoire, « haute-négresse », et de Socrate, descendant de békés. Et l'amour que je léguerai, moi, à Désiré. J'en viens parfois à me demander si cet amour n'est pas coupable, défendu. Peut-être est-ce cette faute primordiale que je paie ainsi dans cet enfer, comme les enfants d'Adam et Ève ont payé pour la faute de leurs parents ? Ou étais-je la descendante de l'Ève noire de tous les sortilèges, la fille de Lilith, la lunaire, la nocturne ?

Le paradis est resté dans mon cœur. Un reste de paradis projeté dans l'enfer. Moi, Sidonie, bâtarde, mère de Désiré et de Nicaise, bâtards, je dois vaincre les démons de cet enfer inventé par les hommes, par le démon des hommes.

Agénor, Nègre malin, Nègre marron, combien de fois as-tu réussi à te soustraire à tes maîtres ? Aide-moi à tenir, à ne pas céder. Je ne te demande pas de me faire échapper. Je ne te demande même pas de sauvegarder ma vie. Je te demande seulement, grand aigle noir qui plane dans mon cerveau en fièvre, de sauver la conscience que j'ai de moi, la conscience que j'ai de mon âme. Aide-moi à lutter contre le néant ; aide-moi à ne pas devenir rien. Tu es pour moi plus qu'une profession de foi, une profession de lutte. Ne te fais pas oublier de moi, Agénor, sois fort en moi pour que je me souvienne de toi.

Dieu des Blancs, dieux des Caraïbes, Dieu des Nègres, ne m'abandonnez pas.

Dans cette ville à la fois artificielle et inexistante, je me rends compte que d'autres que moi prient un Dieu – ou des dieux – que je ne connais pas. Un dieu pour chacun : c'est notre seule issue pour survivre ici. Malheureusement, ceux qui prient ne sont pas nombreux, pas assez nombreux. Et il est si difficile de garder son attention fixée sur un Dieu invisible lorsque la faim vous tenaille, lorsque le froid vous recroqueville, lorsque les plaies de la chair crient plus fort que celles de l'âme.

Dans le block 23, il faut d'abord se conquérir une place, un lieu, un territoire, quelques centimètres d'intimité. Et dans la conquête de cet espace, la survie passe par la rapidité, la combativité.

Dès mes retrouvailles avec Suzanne, nous nous sommes toutes les deux précipitées sur un coin de paillasse. Mais une autre femme s'y trouvait déjà. Elle s'est emparée de l'unique couverture rêche et grise disponible. J'ai voulu la lui reprendre. La blockowa s'est précipitée vers nous. Cinq coups de bâton se sont abattus sur moi et m'ont jetée à terre. La femme a conservé la couverture, riant de la victoire que la blockowa lui a fait remporter. Ici, les maîtres règnent par la division, pire, par la haine, par la compétition pour la vie.

Une nouvelle rixe a éclaté à l'autre bout de la salle. La femme au bâton a tourné les talons pour sévir, à l'aveuglette. Suzanne a profité de l'occasion pour récupérer la couverture, doucement, subrepticement, presque nonchalamment. L'autre femme a compris qu'il valait mieux qu'elle ne s'attaque pas à nous deux réunies. Suzanne se coule dans l'horreur comme elle se coule dans la vie : sans violence, mais avec une détermination aussi farouche que tranquille.

Elle vient s'asseoir à côté de moi. Elle m'explique que nous sommes bien à Ravensbrück – le pont des corbeaux – et que nous ne nous trouvons plus en Pologne, mais en Allemagne. Désiré et moi sommes donc dans deux pays différents. Mais aujourd'hui, cela a-t-il encore un sens ? Suzanne m'explique aussi que nous appartenons à un groupe de prisonnières politiques et – mais quel rapport ? – que nous sommes mises en quarantaine.

En quarantaine ? Pour quelle maladie ? Pour quelle épidémie ? Nous ne sommes pas malades. Et si nous le sommes, alors qui ne l'est pas dans ce camp ? Ou bien on nous considère comme malades de la vie ! Ceux qui guérissent de la vie meurent... Mais qu'adviendra-t-il des autres ?

Chaque block est placé sous le contrôle d'une blockowa. La nôtre est polonaise. Splendide, blonde, vêtue de noir, elle est, paraît-il, sans pitié. Elle traite les femmes dont elle a la garde comme autant de chiens rampants ou hargneux.

La vie des chiens, aux Antilles, n'a pourtant rien de comparable avec celle que nous menons ici. Les chiens antillais ne sont pas malheureux, et ils expriment dans leur allure la liberté dont ils jouissent. Peut-être même sont-ils heureux ? Heureux, tous, sauf ces chiens nus appelés « chiens-fer »...

Le chien-fer est dénué de poil, et sa peau luit d'un éclat gris et métallique. Il a l'aspect d'un likao. On raconte aux enfants de terribles légendes sur l'origine de ce chien : des histoires de désobéissance, de traîtrise, de rébellion contre le bon Dieu. Le chien-fer aurait été frappé d'une malédiction qui court encore sur sa descendance et la fait naître nue.

Le chien-fer est haï, mais respecté : certains sont persuadés qu'il est doté d'un pouvoir magique et qu'il est capable de détecter « les gens gagés », les zombies à forme humaine. Ainsi est-on sûr qu'aucun esprit malin ne se cache dans une habitation où vit un chien-fer. D'autres pensent que là où il gratte la terre se trouve de l'or. Et on cite en exemple l'histoire de cet animal qui un jour découvrit une jarre enfouie et pleine de louis d'or...

Aucun chien-fer de mon pays n'oserait montrer son nez dans notre monstrueuse agglomération de zombies, de mortes-vivantes. Les esprits malins y sont trop nombreux.

La première nuit, nous avons partagé notre couche à trois : Suzanne, la femme à la couverture et moi. Les lits superposés ressemblent à des cages à lapins. De chaque clapier, toute la nuit, s'échappent des plaintes, des pleurs, des sanglots violents ou étouffés, des claquements, des grincements de dents.

J'essaie de ne faire aucun bruit. Par pudeur, mais aussi pour ménager Suzanne et l'autre femme. Pourtant, je ne suis pas certaine de pouvoir me contrôler, de pouvoir m'empêcher de sangloter. Surtout une question m'obsède.

— Suzanne, quand vais-je revoir mon fils ?

Suzanne se retourne tout doucement vers moi pour chuchoter :

— Les enfants sont mieux traités que les adultes. Ils sont plus en sécurité loin de nous. Tu reverras Désiré ; espère, Sidonie.

Sa voix est ferme et ne laisse pas planer l'ombre d'un doute. Pour cette première nuit au camp des corbeaux, au camp des zombies, j'ai plongé dans le sommeil comme dans une syncope, dans une mort sans révolte. Je ne me suis pas endormie : je suis morte.

J'ai été presque étonnée de me réveiller : sirène, cris, coups. Dehors, la nuit encore. Il doit être trois ou quatre heures du matin et j'entends pour la première fois la sirène de Ravensbrück. Nous devons sortir.

Alignées, immobiles, nous restons près de trois heures debout, dehors, dans l'obscurité glaciale. De temps en temps on entend un bruit mou : un corps qui tombe. La femme qui nous interdit de bouger est large d'épaules, blonde, chaudement vêtue et de la corpulence d'un homme. Elle non plus ne bouge pas, ou à peine, pour faire quelques pas lorsque l'une de nous s'écroule. Mais elle ne fait rien : elle constate, et reprend sa place. Qu'attend-elle ? Que nous tombions toutes les unes après les autres ? Que nous mourions les unes après les autres ?

La lueur qui naît dans le ciel me semble surnaturelle : non, cela ne peut pas être le matin ! Cette clarté qui monte dans le ciel est abstraite ; elle est le reflet d'une clarté qui monte en moi, tranquillement, inexorablement : je vais mourir. Ici. Tôt ou tard, je serai celle qui tombe. Il suffit d'attendre. Peu importe le moment. Seule compte la certitude.

Et c'est cette certitude qui soudain me fait redresser les épaules, relever la tête. La dignité, l'humanité, finalement, se jugent à cela : à notre attitude devant la mort. Je ne verrai plus mes enfants, je le sais. Ni l'un ni l'autre. Je ne verrai jamais les enfants de mes enfants. Mais je dois leur consacrer les derniers moments de ma vie. Je dois vivre ma mort, la vivre bien, et je veux qu'ils le sachent. Je veux qu'ils sachent que l'esclavage n'est rien, qu'il n'existe pas, qu'aucun être ne peut contraindre un autre être, et que la vraie liberté n'est pas forcément de refuser la vie que l'on vous fait, mais d'accepter la mort que Dieu seul donne.

Qui nous tuera dans ce petit matin gris ? La blockowa qui nous garde ? Le froid ? La faim ? La détresse ? La bêtise humaine ? Peu importe.

Des soldats, ou des femmes soldats, ramasseront nos corps. Mais qui ramassera nos âmes ? Moi, je sais que la mienne appartient à Agénor, et que c'est lui qui la recueillera avant même que mon corps touche terre.

Oui, je veux bien mourir. Cet acquiescement me rend calme, sûre, forte. Et cette attitude nouvelle me semble familière ; je la connais : c'est celle de Suzanne. Suzanne, depuis le début, depuis le tout début, peut-être même avant notre rencontre, Suzanne sait, et accepte. Elle accepte de voir mourir son corps, et c'est pour cela que son âme est si forte.

Je veux bien mourir. Mais je ne veux pas aller au néant, à l'inexistence, au rien, au grand rien. La terre a porté mes pas. Elle n'est pas comme si je n'avais jamais existé. Et je veux que là-bas, mon île se souvienne de moi. J'ai porté un nom, un prénom ; j'ai choisi un destin avant qu'on essaie de m'en imposer un. Je veux exprimer mon refus. Je veux dire à mes enfants, aux enfants de mes petits-enfants, qu'il est toujours possible d'être libre. Dire non aux hommes, et oui au dieu que l'on s'est choisi.

Sous le tissu de ma chemise infâme, entre les côtes et le bras, sous l'aisselle, comme une seconde peau, je sens la couverture de moleskine de mon petit carnet.

14

Un carnet de moleskine

Je ne suis pas tombée ce matin-là.

Le jour est levé lorsque la blockowa nous intime l'ordre de rentrer, de faire notre lit – elle appelle cela un lit –, de faire notre toilette – elle appelle cela une toilette dans un des lavabos bouchés de notre block.

Notre couchette est près du sol. Lorsque les femmes qui occupent le deuxième ou le troisième niveau montent ou descendent, notre lit est à refaire.

Je me fais aussi petite que je peux, accroupie, genoux remontés, par terre, à la tête du lit. Je sors mon précieux carnet, le minuscule crayon, la médaille d'or coincée entre les feuillets, tout près de la reliure. La médaille, je la prends dans ma main. Sous mon pouce, je fais défiler les pages blanches : il y en a si peu, et il y a tant à dire !

Si je mets trop de temps à mourir, il n'y aura pas assez de place...

J'ouvre le carnet. À la suite des notes éparses que j'ai déjà prises, j'écris : « Je ne suis pas tombée ce matin-là. » Lorsque j'ai fini, je retourne le carnet. En haut de la dernière page, devenue ainsi une autre première page, j'inscris les mots : Ravensbrück, deuxième jour. J'ai décidé de mener deux récits de front. Mon Journal au jour le jour, à partir de ce matin : c'est facile. Pour l'autre partie du carnet, je vais tout reprendre par le début, compléter ce que j'ai déjà noté, rappeler chaque image, chaque pensée, avant que tout ne s'échappe de ma tête, de mon cœur, de ma mémoire.

Il faut que j'écrive serré, très serré. Pourra-t-on me lire ? Je feuillette une dernière fois les pages blanches. Je m'arrête au milieu, là où la double page est séparée en deux par la pliure du carnet, là où se noue la ficelle qui fait tenir le tout ensemble. J'ai l'impression que lorsque les deux récits se rejoindront, autour de la ficelle, ce sera la fin.

Je regarde le petit nœud de ficelle claire, le petit nœud qui me déliera de tout.

Ravensbrück : deuxième jour

Suzanne fait le lit et se tient debout contre moi, qui suis accroupie à ses pieds. Elle cherche à me soustraire aux regards. Elle a compris ce que je suis en train de faire. Mais elle sait aussi, comme moi, que c'est sûrement interdit. Quelqu'un qui écrit, c'est quelqu'un qui s'évade. Ce peut être aussi quelqu'un qui fait passer des messages, qui cherche à s'évader réellement, physiquement.

Réfléchir à une cachette. En parler à Suzanne. Si personne ne sait que j'ai rempli ce carnet, cela ne sert à rien que je le remplisse.

Coup de sifflet ! Pourquoi ? J'ai glissé le carnet sous mes fesses. La petite médaille en or est maintenant toute chaude sous ma langue. La Vierge Marie... Je l'ai oubliée. Elle est trop bonne, trop pure... Sait-elle vraiment ce qui nous arrive ici ? N'est-elle pas trop loin dans son Paradis bleu et blanc ? Agénor, lui, est plus proche de l'enfer, il le connaît, il y rôde...

J'ai ressorti mon carnet. Un sang glacé circule dans mes veines, et mes doigts gourds ont du mal à tenir le crayon trop petit. J'écris quelques mots, mais un nouveau coup de sifflet m'interrompt.

Nous devons sortir...

C'était pour l'appel : rangées par cinq, les grandes derrière, les petites devant, comptées de gauche à droite, puis de droite à gauche. Aucune bête ne manque au troupeau, pas même le chien.

Je me demande comment faire le tri de ce que je dois écrire, de ce qu'il est nécessaire de raconter, et de ce qui userait mon précieux papier inutilement. Oublier les détails ? Mais la vie, ici, n'est faite que de détails, puisque nous n'avons d'explication sur rien. S'en tenir aux faits ? Si je ne m'en tiens qu'aux faits, je laisse de côté ce qui constitue ma seule richesse, mon seul patrimoine : des images, des rêveries, des sentiments, et Agénor, aussi.

Pourquoi me poser des questions ? Il faut que j'écrive avec mon cœur pour ceux qui me liront avec le cœur.

Nous sommes sûrement près de six cents femmes rassemblées dans cet immense dortoir. En tout cas, d'après mes calculs, plus de cinq cents. Des centaines de femmes désœuvrées, hagardes, envieuses ou malades. Entre les lits, il y a quelques tables en bois. Certaines d'entre nous se sont réfugiées sous ces niches, entre les quatre pieds. On y est à l'abri des regards, en tout cas à l'abri de celui de la gardienne, et on y jouit d'un calme relatif. Certaines femmes restent là quelques minutes, juste le temps de jeter un regard plein d'amour et de larmes sur un souvenir pieusement conservé malgré les risques, un objet ou une photo aux bords déchiquetés.

La femme qui partage notre paillasse passe son temps à observer et à épier, tantôt Suzanne, tantôt moi, tantôt d'autres. Suzanne essaie de détourner son attention pour me permettre d'écrire.

Nous n'allons aux toilettes qu'une fois par jour, et sur ordre. J'ai de plus en plus de mal à tenir. D'autres n'ont pas pu. Une odeur d'urine commence à flotter dans l'air. L'ombre des dessous de table sert aussi à cela.

R. : Troisième jour.

L'appel de quatre heures du matin est insupportable. À cause du froid, de l'obscurité. À cause des noms qui ne répondent pas à l'appel... À cause de la mort.

Ce matin, je réponds encore.

Aujourd'hui, malgré notre quarantaine, on nous a fait travailler à l'intérieur du camp. Nous transportons du bois dans des brouettes. Je me demande, en regardant la peau de mes mains arrachée, si le travail, même pénible, ne vaut pas mieux que l'inaction du premier jour. Mais j'ai remarqué qu'il accentue la sélection. La plupart d'entre nous vont au bout de leurs forces, et même plus loin.

À part mes blessures aux mains, pour lesquelles je crains l'infection, le tétanos, à part les courbatures, la douleur dans les reins, j'ai assez bien supporté ce travail. Suzanne aussi. Je suis encore relativement forte, mais beaucoup de femmes qui sont ici depuis plus longtemps que nous toussent et crachent du sang : la tuberculose. En plus, elles sont détestées, évitées : on les soupçonne, avec raison, d'être contagieuses, et elles empêchent les autres de dormir la nuit.

L'appel du soir, physiquement, est encore plus pénible que celui du matin : au matin, c'est notre âme qui est épuisée. Le soir, c'est notre corps. Et pourtant, le soir, personne ne tombe. Ce paradoxe, étrangement, me semble parfaitement normal.

Aujourd'hui, dix d'entre nous sont parties au *Revier*. Que signifie ce mot ? D'après Suzanne, il s'agit d'une sorte d'infirmerie ou d'hôpital. La mort fauche chaque jour dans nos rangs. Il semble qu'elle soit souhaitée, attendue, comme une collaboratrice régulière de ceux qui nous enferment ici : la mort éclaircit les rangs, fait de la place. Et la place est précieuse. J'ai l'impression que des trains arrivent chaque jour : dans notre block, je découvre sans cesse de nouveaux visages, et nous sommes toujours aussi nombreuses. D'ailleurs, les nouvelles, on les remarque : elles pleurent et elles crient plus que les autres.

Pendant le travail, cet après-midi, j'ai essayé de comprendre comment s'organisait cette étrange ville. Je voulais voir où se trouvaient les enfants. Mais il y en a disséminés dans tous les blocks. Nous sommes dans un camp de femmes, et pourtant nulle maternité ni pouponnière n'est prévue. Avec Suzanne, en regroupant nos observations, nous avons conclu qu'il y avait huit quartiers principaux : un camp de femmes composé de nombreux blocks ; un camp peuplé presque exclusivement de Tziganes ; un camp de quarantaine ; une infirmerie immense, bâtie au milieu ; des douches, où nous sommes passées, très vite, à notre arrivée ; des locaux où sont transportés les cadavres, qui, semble-t-il, sont brûlés, puisque le bâtiment est dominé par une cheminée qui fume jour et nuit ; des prisons ; plus loin, des locaux pour le personnel féminin et pour les soldats ou les civils qui dirigent, gardent et terrorisent cette ville ; dans ce dernier quartier, il y a à la fois des hommes et des femmes. Et aussi un chenil. Les chiens aboient, nous les entendons, et parfois ils hurlent à la mort.

Il y a d'autres blocks encore, mais personne n'a réussi à les identifier. C'est le mystère. D'ailleurs, c'est le mystère pour presque tout : pourquoi sommes-nous là ? Mystère. Que représentons-nous ? Quelle valeur marchande, quel enjeu ? Mystère ?

Est-ce cela qu'on appelle un camp de travail ? Les quelques stères de bois qui ont été charriés aujourd'hui représentent-ils quelque chose dans l'économie de guerre de l'Allemagne ? Le travail, aussi pénible soit-il, ressemble fort à un alibi. À un complice encore plus : un complice de la maladie, du froid, du manque de nourriture et de sommeil, tout pour la plus grande puissance de la mort.

Si c'est la mort que nous devons trouver finalement, pourquoi ne pas nous tuer tout de suite ?

J'ai dénombré, réparties entre plusieurs baraquements, entre plusieurs groupes, une dizaine de femmes de couleur ou de métisses. Inconsciemment, je sens quelque chose en moi qui s'accroche à elles, qui leur appartient.

Jusqu'à quand vais-je pouvoir rester fidèle au contrat moral que je me suis fixé, mourir debout, alors que la survie et la dignité dépendent d'une miette de pain ou d'une goutte d'eau ?

D'ailleurs, de l'eau, il n'y en a toujours pas. En tout cas pas d'eau claire. Du pain non plus. Il y a cette sorte de brouet très liquide, fait avec des betteraves semble-t-il, mais c'est tout.

Pour nous laver, nous n'avons ni serviette ni savon. L'essentiel de la toilette consiste en l'épouillage. Lorsqu'il y a inspection, on nous somme de nous épouiller. C'est difficile à faire toute seule. C'est encore plus difficile de le demander aux autres...

Seules celles qui sont là depuis un certain

temps se résolvent à demander de l'aide. Et elles ont raison : celle sur qui est trouvée une de ces bêtes infâmes est rouée de coups. Il y a la fouille, aussi. C'est odieux, surtout au début, lorsqu'on n'est pas habituée. Mais il y a certainement pis : avant de disparaître, j'en suis sûre, j'ai encore du chemin à faire dans l'horreur.

Agénor, toi qui connais l'horreur, donne-moi ta main, tire-moi à ta suite, pousse-moi, bouscule-moi, injurie-moi si je flanche. Agénor, je t'en prie...

Je vais sombrer dans une nouvelle nuit. Derniers gestes de ma journée : ôter la petite médaille de sous ma langue, la coincer dans le carnet avec le crayon, tout refermer. Attendre l'obscurité totale pour cacher le tout. Il va falloir que je dise à Suzanne où est la cachette. Un de ces jours.

Ce soir, je pense aussi un peu à la Vierge Marie : sans doute à cause de ma médaille. Mais Marie me semble loin d'ici. J'ai gardé le carnet sans savoir pourquoi, et aujourd'hui il est ma raison de vivre et de mourir. J'ai gardé ma médaille sans savoir pourquoi : peut-être viendra-t-elle aussi bientôt à mon aide ?

Pour l'heure, l'écriture microscopique dont je couvre les pages trop courtes me fait échapper à tout. Et la couverture de moleskine de l'humble cahier clandestin a la même couleur, les mêmes reflets que la peau d'Agénor.

15

Les guiablesses

R. quatrième jour

Il n'y a plus, dans ma vie, de repère précis. Heureusement que je peux encore compter les jours dans ce camp sur les doigts d'une main, sinon je sens que j'aurais perdu toute notion du temps.

Combien de jours se sont écoulés depuis notre arrestation ? J'ai beau retourner les jours et les nuits, les nuits et les jours, il y a toujours un moment où tout se brouille.

Peut-être avons-nous passé l'an neuf ? Sûrement. Et les Rois ? C'est possible. Je sens monter en moi quelque chose qui ressemble au souvenir de Carnaval. Ce n'est pas la première fois. Après tout, l'hiver finira sans doute ici aussi. Je suis très au nord et très à l'est de mon point de départ, encore plus au nord et à l'est de mes îles, mais peut-être pas au point de ne plus jamais connaître d'autre saison que l'hiver.

La ville de Saint-Pierre vit au rythme du carnaval, pendant plus de deux mois. Noël à peine passé, voici Vaval ! Les enfants ne font plus rien à l'école. Il est vrai qu'il faut de la constance pour essayer de travailler, de s'enfermer, alors que tous sont dans les rues. Sans la terrible volonté, l'exigence formelle de mes parents, moi aussi je serais bien allée courir sous le soleil, tous les jours de la semaine, en oubliant que les semaines passaient.

La ville entière descend dans la rue, prend le masque, chante, agite ses grelots dans la joie. La tempête, les vagues déchaînées, ce n'est pas au large, c'est sur terre. Comme si chacun était un volcan réveillé en sursaut.

L'asphalte chaud et noir des rues volcaniques brûle d'amour. Entre le sol et le pied monte toute la richesse du plaisir. Et le son des tambours fait l'amour avec le chant des mandolines, la flûte avec l'accordéon. Mélopées plaintives, lascives. Les hommes et les femmes se donnent la main, le bras, s'enlacent par la taille, en un immense et unique cortège qui s'étire et se resserre comme un couple sur un lit.

Dans les chants, les cris, les rires, la danse ne cache rien de ses intentions : elle est un hymne au sexe. Mouillée, ruisselante même, essoufflée, cette foule bon enfant n'est qu'amour. Amour sensuel, mais tendre aussi. Pas de cri de colère, pas de geste menaçant, pas de rixe. La police peut dormir – ou danser – en paix.

On rencontre çà et là des boi-boi. Ces mannequins représentent des hommes politiques des îles ou d'autres pays, promenés en haut de perches. Mais toutes les chansons de Vaval unissent politique, religion, amour.

Dans la pénombre complice et douce de l'allée des Soupirs montent les complaintes, les mélopées, et bien sûr les soupirs et les râles de l'amour. Des trépignements d'impatience agitent les corps qui frémissent et les jupons blancs qui s'envolent sous d'insolents alizés.

Une marée humaine gronde, grandit, gonfle comme un sexe d'homme puissant, grand, beau, fort, à l'écoute de l'autre sexe et de son plaisir. C'est bien la semence de la vie qui explose, qui initie les jeunes gens et ouvre les yeux aux enfants.

Après ces dimanche gras, lundi gras, mardi gras, arrive le mercredi des Cendres, le jour que je préfère, l'enterrement du carnaval. Ce jour-là, j'enfile la redingote de mon père, je coiffe son haut-de-forme, je chausse ses souliers vernis noir et blanc, j'usurpe son identité et je m'en vais pour enterrer le dieu Vaval.

Vidé des guiablesses (défilé des diablesses), pleurs bruyants et feints, désespoir simulé : nous sommes tous vêtus de noir et de blanc ; les femmes portent des mouchoirs sur la tête, les hommes s'enfarinent le visage. Les ti-bois, les cha-cha, les casseroles sonnent pour faire danser, sauter les pieds, derrière les diables de la mort, aussi mystérieux qu'inoffensifs.

Une sensation très ancienne, une chaleur monte en moi, juste au-dessus du pubis, et s'évanouit aussitôt. Jamais plus je ne sentirai la caresse de l'amour. Je suis une femme parmi les femmes de ce camp. Mais une femme qui n'a plus rien d'une femme. Prisonnières ou gardiennes, quel que soit notre âge, jeunes ou vieilles, nous sommes mortes à l'amour, et cela se voit. Peaux flétries, formes osseuses ou flasques, c'est ce que je peux voir autour de moi à l'heure de la toilette.

Nous avons bien encore un sexe, mais c'est une pauvre chose, qui n'attire plus que l'attention de nos gardiennes à l'heure de la fouille : elles l'explorent d'un doigt sale. Le vagin d'abord, l'anus ensuite. Et souvent, cela fait mal, mal jusqu'à l'âme.

À l'appel du matin, sous la lumière des projecteurs réglés par un metteur en scène fou, nous sommes des masques. Pas des masques de carnaval ; nous portons le masque de la mort : des yeux éteints dans des visages osseux, cireux, grisâtres. Et par les bouches entrouvertes, la mort s'engouffre et vomit en silence. Il y a d'autres masques encore, sur le visage de certaines : celui de la peur, de la haine, de l'envie, du vol, et même du meurtre.

Nous grelottons sous nos haillons zébrés, effilochés, trop étroits ou ridiculement larges.

Je n'ose pas me regarder. Mais je sais que la peau de mes mains, que la peau de mes bras n'a plus cette belle couleur de fruit ambré, de sapotille. Elle est grise. Bientôt, je ne ressemblerai même plus à ce que je suis, une femme de couleur. Et le bout de mes doigts qui se serrent autour du minuscule crayon blanchit chaque jour davantage. Ma couleur, d'ici peu, je ne la porterai plus qu'en moi. Agénor.

Je sais à quoi je ressemble : à un mabouya,

à une sorte de lézard albinos presque translucide. Et mes pieds, comme des ventouses, s'accrochent au sol pour me maintenir immobile sous le regard de la guiablesse qui nous compte : elle est immense, rousse, crépue. Elle nous maintient sous son regard de gardienne en chef, mais en elle tout fuit : le menton, la gorge, les yeux ; même la couleur bleue de ses yeux s'échappe et se dilue au contact de nos silhouettes trop grises. J'ai envie de crier du cri strident que pousse le lézard la nuit, lorsqu'il est surpris par une lumière.

R. sixième jour

À sept heures du matin, il a fallu répondre à un interrogatoire, le même pour tout le monde. Pourquoi ? Nous ne sommes plus rien. Avons-nous été quelqu'un ? Ou même quelque chose ?

— Âge...

— Études...

— Profession...

— Motif de l'arrestation...

Est-ce que je sais ? Mais le regard délavé exige une réponse. Je dois m'accuser de quelque chose. Et c'est une sorte de révélation : moi qui ne suis plus qu'une ombre grise semblable aux autres, si je me sens noire encore au fond de moi, c'est que je le veux, c'est ma faute.

— *Negerin.*

Le mot qui sort de ma bouche m'effraie, me terrorise soudain. Il faut que je me rattrape :

— *Und Doktor.*

J'en remets un peu : je parle de mes études de médecine. Je serai peut-être envoyée au *Revier*. Là, j'aurai peut-être des nouvelles des autres camps, d'Auschwitz ou de Lodz, et de mon petit Désiré...

Dès mon retour à ma baraque je prends mon carnet. Mais j'entends presque aussitôt un coup de sifflet strident. Je dois arrêter d'écrire, cacher le carnet. La planche descellée sous le lit, combien de temps passera-t-elle inaperçue aux yeux de mes voisines, combien de temps résistera-t-elle aux fouilles ?

R. huitième jour

Je ne peux plus écrire chaque jour. La surveillance est plus serrée. Les compagnes de captivité s'exaspèrent, et avec elles la jalousie, l'envie. Tout est prétexte à disputes : un lacet, un bouton, un morceau de papier ou de tissu. De misérables petits objets circulent, s'échangent, se vendent, se volent, provoquent des rixes, les pires de toutes, des rixes de femmes sans force.

Le vol est devenu mon idée fixe. Les pages blanches de mon carnet se rétrécissent. Il faut que je trouve du papier, deux, trois feuilles, et un autre crayon. À moins que je puisse échanger du papier contre mes chaussures, qui tiennent le coup relativement bien. Mais il faudra alors que je m'en trouve d'autres. Et ce ne sera pas facile.

Hier j'ai révélé ma cachette à Suzanne. Je

n'ai rien à partager avec elle, car je ne possède rien. Je lui ai donné une marque d'amitié empoisonnée : ici, moins on en sait, mieux c'est. Nos gardiennes nous tiennent les unes par les autres, soit par la délation, soit par le chantage. Vous ne voulez rien dire, rien avouer ? Une innocente paiera. Et le bouc émissaire est toujours bien choisi : la plus douce, la plus tendre, celle qui est déjà presque morte parce qu'elle ne sait pas se défendre.

Mais Suzanne est devenue mon double, et moi le sien. Nous sommes comme Désiré et Nicaise, jumelles. Nous ne communiquons pas par mots, mais par signes, et le plus souvent par notre simple présence. Nous craignons la jalousie, l'envie des autres. L'amitié est une denrée rare ; on ne peut pas la voler, mais on peut la détruire. Nous ne voulons pas non plus alerter nos gardiennes, ni leurs supérieures : elles nous sépareraient, ou nous feraient souffrir l'une par l'autre.

Suzanne ne sait pas ce que j'écris, mais il faut que quelqu'un sache où j'ai laissé ma vie, mon âme. À quoi bon toutes ces ruses, toute cette énergie dépensée si mon carnet doit rester à jamais sous cette planche, si le temps seul lit ma souffrance et efface et gomme peu à peu les griffes si fragiles du crayon sur le papier ?

Suzanne, hier soir, m'a parlé. Comment fait-elle pour en savoir toujours plus long que moi ?

— Méfie-toi de cette femme qui partage notre lit... Elle s'appelle Rose-Adélaïde. Elle nous surveille, toi en particulier. Elle vient de la Guadeloupe. Fille de colons blancs. Elle risque de te dénoncer, un jour ou l'autre. Elle a dit à la blockowa qu'il n'y a pas plus désobéissantes que les petites Négresses de la Martinique.

Ainsi donc, c'est une béké. Si je l'avais observée comme elle m'observe, j'aurais compris : malgré sa maigreur et son crâne rasé, elle a encore la physionomie que créent les mariages consanguins. Un regard brillant, brûlant même, un regard qui a toujours exprimé l'envie, l'envie de partager notre inextinguible soif de liberté. Elle seule ici a pu deviner qu'un être libre m'habite : Agénor. Elle ne le connaît pas par son nom, mais elle doit savoir qu'il existe. Elle doit chercher à savoir comment il s'exprime. Un jour ou l'autre, ses yeux tomberont sur mon carnet à la peau noire comme celle d'Agénor.

16

« *Tiembé raid' pa molli* »

— *Maré rein-ou... Tété douboutte...*

J'entends la voix impérieuse et tendre de ma mère qui me donne l'ordre en créole de bomber le torse, de me tenir droite, physiquement et moralement. Les femmes de mes îles se sanglent les reins dans le madras, et elles ont toujours de l'allure, seins pointés en avant. Les miens avaient été ainsi. Aujourd'hui, ils sont avachis et plats comme deux christophines fanées. Des seins de nuit d'amour, satinés par les rayons de la pleine lune, qui avaient aimé et donné la vie...

Il faut se montrer entièrement nues aux examens médicaux. Esclaves même des regards. Nous sommes dévorées de punaises et de poux, lacérées de plaies, et des traînées livides stigmatisent notre peau.

À la dernière visite, j'ai rencontré une autre femme noire. Après m'avoir dévisagée, elle s'est approchée de moi. Elle a dû arriver ici très grosse. Maintenant, elle porte son ventre comme un tablier qui lui sert de cache-sexe. Elle m'interroge du regard, passe derrière moi et me souffle dans la nuque :

— Tananarive ? Malgache ?

Est-elle elle-même originaire de Madagascar ?

La femme médecin éclate d'un grand rire effroyable, moqueur, grinçant. Je n'en comprends pas l'origine. Elle nous sépare avant que j'aie pu répondre à la question qui m'a été posée.

De très jeunes filles portent des marques bleues qui élargissent curieusement l'aréole de leurs seins. Des coups, des morsures ?

Pour la visite, les femmes venues des différents blocks sont mêlées. Nous avons l'impression de nous ouvrir sur un autre monde, un monde pourtant réduit à ce camp. Les blockowas sont là aussi. Je découvre qu'elles sont de plusieurs nationalités, qui parfois ne se comprennent pas entre elles. Certaines sont précédées de leur réputation : ainsi celle que toutes appellent Gueule d'or, à cause de tout l'or qu'elle a dans la bouche. Il paraît que l'or est sa spécialité, sa passion, et qu'elle a tué pour cela. Il y a aussi une Suissesse, une terreur surnommée l'Ange noir ; son vrai nom est Carmen Mory.

Très peu de Françaises parmi elles : deux Alsaciennes, et une autre, mariée à un Polonais. Carmen Mory est blockowa au block numéro 10. Elle règne par la terreur, même auprès de ses semblables. Il paraît que certaines infirmières n'ont rien à lui envier en matière de cruauté ; leur nom circule : Elisabeth Marshal, et une certaine Martha.

Mon trésor de papier diminue comme une peau de chagrin à chaque ligne ajoutée. Et j'ai tant à dire...

Je veux témoigner pour Agénor, témoigner que

j'existe encore. Mais un nouvel instinct est né en moi, qui me pousse à donner les détails de notre vie ici. Pour que l'on y croie, pour que l'on n'oublie pas.

Par exemple, les repas : c'est important, c'est même vital. Le matin, une sorte de tisane ou de café clair. Il y nage parfois quelques morceaux de carottes ou de rutabaga. Le soir, un morceau de pain noir, deux cents grammes. Dessus, parfois, une couche de matière grasse difficile à identifier. Parfois aussi, une cuillerée de marmelade de betterave.

R. neuvième jour.

Un bruit circule : nous allons être tatouées. Les commentaires divergent : certaines affirment qu'il vaut mieux être tatouée, que cela évite de disparaître trop facilement, car il faut une autorisation spéciale de Berlin pour tuer quelqu'un qui est enregistré. D'autres font valoir qu'un corps, après la crémation, ne porte plus de trace de tatouage. Une femme est ici depuis un an : jamais tatouée. Le privilège du tatouage, c'est de laisser une trace écrite sur un registre, mais la plupart d'entre nous pensent : « Peu importe si on est mort ! »

Ma trace écrite, c'est mon carnet. Et puis pour moi, la perspective du tatouage rappelle des souvenirs. Ceux-là mêmes que mon père et ma mère ne voulaient pas que j'aie.

Noire j'avais été, Noire je resterai, et tatouée. La couleur de ma peau me faisait pourtant échapper à une menace : même si je demeurais longtemps dans ce camp, jamais on ne me désignerait comme blockowa ou comme *Aufseherin*. Parce que, nous l'oublions souvent, nos tortionnaires sont elles aussi des prisonnières.

R. dixième jour.

Aujourd'hui, nouvelle visite médicale. On a mis les femmes de couleur de côté, presque toutes des tziganes, et on nous a sérieusement examinées. À toutes, on pose des questions incroyables : de quoi sont morts nos parents, nos grands-parents. On nous mesure dans tous les sens. On nous prélève du sang, à toutes, avec la même aiguille, la même seringue. Comment leurs analyses peuvent-elles révéler quoi que ce soit dans ces conditions ? Prélèvement vaginal.

Nous avons honte, froid, peur.

Pour moi, sur un papier, on inscrit les lettres NN, puis *Negerin*, puis le chiffre 1. D'autres suivent : *Negerin 2* est africaine, *Negerin 3* est américaine, *Negerin 4*, c'est la Malgache de l'autre jour. Et en face de chaque numéro, il est écrit « Lépreuse ». Prélèvement de peau et de cuir chevelu. Retour au block, en quarantaine.

R. onzième jour

Le tatouage, c'est pour aujourd'hui. Retour à l'esclavage. Plus de nom, plus de prénom, plus de surnom : un chiffre. Un nouveau baptême. Un baptême déjà connu aux Antilles.

Je revois le visage de ma grand-mère ; elle est allongée sur son lit en mahogany de Guyane, elle me parle en haut créole, une langue de qualité, recherchée, parfois ponctuée d'un mot français. Cette femme discrète n'ouvrait en général la bouche que sur des choses positives. Pourtant, ce jour-là, elle veut me parler d'autrefois, du temps de son arrière-arrière-grand-mère à elle, une esclave qui avait accouché d'une petite fille prénommée Naissance, deux ans après la proclamation de la République, parce que 1794 était pour elle la vraie naissance de la liberté. Cela faisait quelques mois déjà que l'esclavage était officiellement aboli. Mais dans les îles on traînait les pieds, et des années devaient passer avant que la liberté ne devienne une réalité. Beaucoup étaient morts dans l'intervalle... Ainsi Naissance avait-elle été marquée en définitive du même signe que sa mère, au fer rouge.

Nous sommes réunies pour le tatouage ; je cherche des yeux les autres femmes noires ; j'aperçois dans la file l'Américaine ; j'ai appris qu'elle s'appelle Carol ; son aïeule était-elle aussi marquée au fer ? Quelle histoire semblable rumine-t-elle dans son cœur ? Et l'Africaine ? Et la Malgache ?

Elles ont toutes le crâne rasé. Moi pas. Comment ai-je échappé à l'injure ? Il est interdit de porter les cheveux défaits. Si on n'a rien pour les tenir, on est rasée. Si on les enroule en chignon tenu par un chiffon, on est accusée de vol ou de sabotage – c'est une cachette idéale.

Qui d'autre qu'Agénor a bien pu me souffler de tordre, de tortiller, de natter mes cheveux à l'africaine ? J'y ai passé des heures, parfois aidée de Suzanne : j'ai maintenant sur la tête une sorte de toile d'araignée tressée. Une coiffure soignée, durable et qui me sert de bonnet contre le vent, contre le froid, contre les coups.

Noires ou blanches, les premières de mémoire, les secondes par instinct, nous savons toutes qu'une fois tatouées nous entrons en esclavage. C'est moi que la blockowa désigne en premier. Suit Suzanne, puis à peu près cent cinquante femmes de notre block. Une gardienne ne parlant qu'allemand me tire brutalement par le bras. Elle aussi a été déportée, son mari était juif. Mais en tant qu'Allemande elle est employée au *Politische-Büro*.

C'est cette prisonnière-gardienne qui nous tatoue ; elle tient un stylet de la main gauche. La pointe métallique s'enfonce sur le haut de ma poitrine. Je ne sais pas si j'ai mal, mais ma peau saigne. Un triangle, suivi de trois lettres – trois N – et puis un 1.

Toutes les déportées raciales portent soit un triangle soit une étoile de David. Suivent des lettres, et un chiffre qui d'après les rumeurs ne dépasse jamais 200 000. Lorsque ce chiffre est atteint, on revient au numéro 1. Le hasard est tombé sur moi. La plupart du temps, à la mort d'une déportée, on réattribue son matricule. Je n'ai pas eu droit à cet héritage. Mais combien y a-t-il déjà eu de numéro 1 ? Ce soir, Suzanne porte le numéro 45.

Un des N que je porte sur la poitrine veut dire *Negerin*, sûrement. Mais les deux autres ? Ces signes s'effaceront-ils un jour de ma peau ? Et si ma peau les oubliait, ma mémoire le pourrait-elle ?

Pour l'instant, ma mémoire est dans ce carnet. Je manie, mon petit crayon que je taille avec les dents, comme un stylet qui sans cesse veut graver ton nom : Agénor. Est-ce toi qui me dis de tenir bon et de ne pas céder ? Est-ce toi, Agénor, qui me répètes sans arrêt : « Tiembé raid' pa molli ? »

17

Le chant des marais

Le camp des corbeaux, seizième jour

Encore un peu de papier, mais plus pour très longtemps. La cachette n'est pas découverte, mais pour combien de temps ?

Je suis en observation, comme toutes les autres femmes noires. Plusieurs fois par jour, je dois quitter le block 23 pour me rendre à des visites médicales qui m'épuisent et me dégoûtent. Les plaies des prélèvements qui nous ont été faits sur le cuir chevelu s'infectent. Les miennes aussi, très certainement, mais on ne voit rien, à cause du lacis de mes tresses. Je ne dis rien : je ne veux pas que l'on touche à mes cheveux. Nous essayons de nous parler ; c'est extrêmement difficile : tout signe de complicité est sanctionné par un coup de cravache, de bâton, ou une gifle lestée de bague. Au mieux, c'est le bleu ; au pis, une nouvelle plaie.

Nous sommes nues à nouveau, nous nous sentons coupables, coupables à nos propres yeux d'être retombées en servitude. Peut-être aurait-il fallu mourir ?

Nous devons nous battre pour tout : pour

nous nourrir, pour boire, pour dormir, pour écrire, pour rester seule, pour parler avec les autres, et même pour aller jusqu'à l'immonde trou qui sert de fosse d'aisances.

De nouveaux convois arrivent tous les jours. Nous les entendons, dans le lointain, nous en entendons parler. Mais dans notre block, en quarantaine, nous savons moins de choses que les autres. Nous sommes des loques, nos vêtements sont à notre image. Mon affreuse robe est déchirée. Il paraît que certaines parviennent à se procurer du fil et des aiguilles, ou à se confectionner des épingles avec les échardes du plancher ou du mobilier. Pourvu que personne ne s'avise de la lame de bois qui cache mon carnet ! Je le sors de moins en moins souvent : à cause de la fatigue, à cause aussi de la surveillance qu'exerce sur moi Rose-Adélaïde. En général, je ne peux écrire que lorsque Suzanne fait diversion ou me sert de paravent.

Hier, j'ai pu approcher la femme malgache. Je sais aux nuages qui lui passent dans les yeux qu'elle a envie de me parler de son pays. Moi, je n'ai pas envie de parler du mien : j'ai mon carnet. Mais nous ne parlons que de choses concrètes. Elle me dit son nom : Éloïse. Elle regarde mes chaussures avec envie. Une des siennes lui a été volée. Je lui propose de lui donner les miennes si elle me trouve du papier, ou un crayon. C'est imprudent. Elle peut me dénoncer...

Son obsession, ce sont ses chaussures. Depuis plusieurs jours déjà, j'ai remarqué qu'elle passait tout son temps libre à les brosser, à les lustrer, avec les lambeaux de ses haillons et sa salive. Que représentent pour elle ces chaussures ? La liberté ? L'abolition d'un esclavage ? Sa fierté de femme libre ? Sa résistance ? Même à demi morte de fatigue, elle continue de briquer ses galoches : elle manifeste son irréductibilité. Seulement, depuis hier, Éloïse a la fierté qui boite : il lui manque l'une de ses précieuses chaussures. Voilà pourquoi j'ai pu la convaincre de m'aider en lui promettant les miennes si elle réussit.

Suzanne possède elle aussi son propre mode de résistance : c'est toujours le même, depuis le début, une sorte de rêverie délibérée, ferme, appliquée. Elle a les yeux fixés sur un point vague, comme si elle lisait un texte invisible. On dirait qu'elle se répète mentalement des leçons. Je crois que c'est ce qu'elle fait en effet, mais je n'ose pas le lui demander. Il n'y a rien de plus intime, de plus personnel, de plus important que le mode de résistance. Moi, malgré toute l'amitié que je lui porte, je ne lui permettrais pas de lire ce que j'écris. De mon vivant, du moins.

Suzanne, si je meurs, te souviendras-tu de Sidonie, ta compagne, avec son invisible étoile noire tatouée sur la poitrine ?

Rose-Adélaïde, elle, se souviendra de moi, c'est sûr. Elle passe son temps à m'épier, et aussi à voler. Elle vole tout ce qu'elle peut avec une dextérité consommée : gamelles, bouts de ficelle, boutons, caleçons. Elle agit avec tant de patience et de frénésie mêlées que je me demande si ce n'est pas sa manière à elle de se maintenir en vie. Elle m'observe sans relâche. C'est peut-être pour me voler quelque chose. Oh ! pas la médaille que je cache sous ma langue ou dans la reliure de mon carnet, ni le misérable crayon qui me lie aux vivants, à l'extérieur. Non, j'ai l'impression qu'elle veut autre chose : un regard, une parole, un peu de moi, ou tout moi, peut-être même Agénor.

Suzanne est mon amie, la sœur de mon cœur. Mais Rose-Adélaïde est la seule femme ici qui sache exactement qui je suis. Nous sommes sœurs de terre, sœurs d'île. Sœur haïe, sœur enviée, mais sœur quand même. Elle a dans le regard le même paysage que celui qui est dans le mien. À ceci près qu'elle le regarde depuis l'autre bout de l'horizon, depuis l'horizon blanc, et que moi, chaque jour, je me rapproche un peu plus d'Agénor, mon horizon noir où brille mon étoile noire.

Dans le dernier convoi, j'ai entendu des pleurs d'enfants. Mon cœur a battu plus vite, et mon oreille a essayé de distinguer la voix de Désiré. Et puis je me suis faite sourde : pourquoi espérer qu'il partage le même enfer que moi ?

Ravensbrück, vingtième jour

Rose-Adélaïde me suit partout. Convoquée, avec mes trois compagnes de couleur et d'infortune au block 23, pour observation. Ici, effervescence : dans quatre jours, fin de la quarantaine... Nous serons toutes dirigées sur le block 32. 23 ou 32, c'est pareil.

Ravensbrück, vingt-quatrième jour

Sur le chemin qui mène au block 32, j'entends s'élever, rauque, grave, triste, un chant : un chœur d'esclaves, la mélopée de Ravensbrück, le chant des prisonnières en route pour les marais qui entourent notre camp. La fin en est belle : « Mais un jour de notre vie, le printemps refleurira, liberté chérie, je dirai : tu es à moi ! Ô terre enfin libre, où nous pourrons revivre, aimer ! »

Ce changement de block représente pour moi une angoisse bien précise : il va falloir que je retrouve une cachette pour mon carnet. Suzanne, qui m'accompagne, me dit qu'elle va m'aider à en chercher une.

Nous apprenons que le block 32, à Ravensbrück, est celui des expériences chirurgicales. Il est dirigé par l'Allemande Knoll.

Nous sommes des cobayes. Une jeune Polonaise me montre sa jambe couverte de cicatrices longues et profondes. On lui a enlevé le tibia. À d'autres, un bout de périoste, de muscle, de moelle ; elles sont toutes infirmes et boitent.

Leurs plaies ne sont pas cicatrisées, et elles souffrent terriblement. Une Française me dit qu'un docteur qui s'intéresse beaucoup à la tuberculose lui a fait des piqûres et injecté une maladie. Ces piqûres expérimentales sont nouvelles.

Dans ce block, les femmes viennent d'horizons divers : des condamnées à mort – des Russes essentiellement –, beaucoup de droits-communs, des filles ramassées dans des rafles, des trafiquantes de marché noir, des vendeuses d'amour contaminées, des criminelles portant un Z sur leur triangle, le tout mêlé aux politiques.

Les Allemands ont compris l'horreur de cette promiscuité et en tirent profit.

J'apprends enfin ce que veulent dire les deux lettres NN : *Nacht und Nebel*, nuit et brouillard. Allaient-ils nous faire disparaître dans la nuit et le brouillard ?

Cela ne m'étonne plus qu'ils aient ajouté deux N à ma nuit de négritude.

Un nouveau discours nous est fait par notre nouvelle blockowa : en particulier, il nous est interdit d'écrire. Mais moi, j'écris pour Désiré.

Dans notre nouveau block, je découvre Aglaé qui vient du Sénégal. Bonne d'enfants chez des résistants, ignorant tout de leur activité, elle a été arrêtée avec eux. Elle a été envoyée à Auschwitz et a atterri à Ravensbrück. Elle se plaint sans cesse des rigueurs du climat, affirmant que le soleil des Allemands ne peut pas être celui qui brille sur l'île de Gorée.

Carol, Éloïse, Aglaé et moi, nous avons envie de rester ensemble, car à la différence des autres femmes rassemblées dans ce camp, nous avons déjà, au fond de nos mémoires ancestrales, un passé d'esclaves. Ce passé commun nous permet de survivre, et, au fond de nous, nous le savons, il y a, intimement attachés à nos personnalités, un Nègre soumis et un Nègre rebelle. Lequel des deux prendra le pas sur l'autre ?

Et puis il y a Nadine, la petite Asiatique muette, dont le regard toujours perdu dans le vague au travers d'un visage lunaire reste souriant. Elle travaille à la comptabilité. Je ne sais comment elle y est parvenue. Nous nous entendons bien. Elle est chinoise et est venue en France par amour pour un Français. Elle s'est fait arrêter dans une rafle à Paris. Dans son pays, est-elle libre d'être jaune ? Bien qu'elle ne soit pas noire, instinctivement, elle nous rejoint. Mais nous comprenons vite que cette solidarité de couleur est dangereuse. Nous risquons de nous faire remarquer.

Pourtant, ces femmes différentes viennent à moi pour me faire des confidences, comme si j'étais un réceptacle, ou comme si elles savaient qu'à travers moi c'est Agénor qui les entend. Une résistance noire et sauvage vit en moi : la mère Afrique. Un coup de sifflet retentit ; nous nous dispersons.

Cela fait près d'un mois maintenant que je suis dans ce camp.

La vie s'est organisée à grand renfort de coups et d'insultes, de *Schnell !* et de *Raus !*

Je hais ces mots allemands, si loin de mon créole, de ses expressions populaires, même les plus agressives ! J'oppose aux ordres allemands, en toute liberté, ma langue à moi. À chaque *Schnell*, à chaque *Raus* je pense Y salé !

À chaque *Raus*, Bonda mamaou !... Toute une imagerie caribéenne qui va du « gâteau malé-levé » au « bois-bandé », aux « pichonnades », ou au « Schrubb ». J'emploie même des expressions purement sexuelles comme « coucoune chatrou », « lolo », « coco », à « dos-mandoline-li-bombé ».

Du plus profond de moi, certains mots jamais utilisés en famille resurgissent et me permettent de vivre. Ce créole interdit aux Antilles m'est permis à Ravensbrück. Ici, c'est ma seule liberté, avec mon carnet. Merci, Agénor, de m'en garder une mémoire si fidèle. La mémoire de ton peuple de Nègres résistants, de Nègres marrons ! Aucun exorcisme allemand ne m'en débarrassera.

Les tâches se répartissent dans notre block. Suzanne et moi sommes chargées de la corvée du café, Carol est envoyée à de durs travaux de terrassement, Aglaé à la construction des routes du camp et Éloïse à l'entretien des jardins.

Ces travaux hors du camp, par moins vingt degrés, sont horribles. Et nos gardiennes semblent attendre que nous tombions. Elles sont en arrêt comme des chiens, non pas pour protéger mais pour décimer le troupeau. Nous savons déjà que la chair du Nègre ne vaut pas cher. Nous n'avons pas oublié et j'ai peur de ces femmes-chiens. Carol, l'Américaine, a-t-elle comme moi hérité de cette terreur ancestrale ? Une vieille gravure du siècle passé s'impose à ma vue : une gravure illustrant la vie coloniale en 1840. Légende de l'illustration : « Le chien, terreur du Nègre marron ». On y voit un Noir évadé d'une plantation luttant dans une clairière de la forêt tropicale contre une meute de chiens, tous crocs dehors. Enjambant un tronc d'arbre, le maître blanc, fusil à la main, flanqué d'un sonneur de cor de chasse, poursuit le Nègre...

La horde des Nègres affamés, évadés des camps d'esclaves, faisait peur aux colons, et cette sorte de poursuite, reconnue comme une « nécessité d'ordre public », était devenue un sport excitant dans les Caraïbes, une sorte de chasse à courre. Gibier : le Nègre. Ici, à Ravensbrück, c'est la chasse à tout ce qui n'est pas aryen.

Des femmes armées de pelles remplissent des wagons de sable, bouchent les trous des routes avec du mâchefer. Même lorsqu'il pleut, elles arrosent abondamment la surface de la chaussée, traînent le lourd rouleau. Vingt à trente sont attelées dans un effort surhumain, comme des chevaux. Carol y effectue un travail considérable. Harassées, mouillées jusqu'aux os, sans vêtements de rechange, c'est ici la mort lente, le bagne de Cayenne – en pire ! Pendant huit jours, Carol et Aglaé se couchent le soir, exténuées, en gardant sur elles leur robe.

Mais pourquoi travaillons-nous ? À longueur de journée, j'essaie d'imaginer la rentabilité d'un esclave d'un champ de cannes antillais, d'un esclave d'un champ de coton américain avec celle des esclaves de Ravensbrück. Y a-t-il un lien ?

Suzanne me raconte que sur la porte du camp d'Auschwitz elle a remarqué, une devise inscrite en lettres de fer : « *Arbeit macht frei* », « Le travail rend libre ».

18

Veillées noires

La corvée de café devient de plus en plus pénible. J'aimerais aller au tissage, car je ne vais bientôt plus avoir de papier pour écrire ; là, je pourrais en voler.

J'ai trouvé un endroit où cacher mon carnet dans le mur, à côté de mon lit. J'ai remarqué une brique disjointe, l'ai délogée de son emplacement et réussi à y enfoncer mon carnet. J'ai réinséré ensuite la brique, cassée en deux, dans son trou. Je crois que personne n'a vu mon manège.

Pour préparer le café, je suis réveillée une heure avant les autres. Je continue d'occuper la même paillasse que Suzanne ; nous nous réveillons mutuellement ; oublier de se réveiller, c'est cinquante coups de bâton, c'est-à-dire la mort.

À trois heures du matin, nous allons devant les cuisines attendre les bidons de café. Une cinquantaine de litres portés à deux, jusqu'au block indiqué. Pliées sous la lourde charge, nous grelottons, exténuées, les yeux brûlés de sommeil. Il est quatre heures, la sirène retentit, le camp s'éveille d'un coup. Nous prenons place pour l'appel comme les autres. Il fait nuit noire, seules les lampes jettent leur lumière crue. De partout, les uniformes rayés surgissent. Les cris rauques nous font presser le pas. Le froid nous pénètre. Le sol est glacé. Malheur à celle qui tombe ! Si Suzanne trébuche, je la relève. Si je trébuche, elle me relève.

Les esclaves de tous les blocks sont alignés sur la grande place. Les travailleuses de nuit viennent nous rejoindre. La vision du camp, aux premières lueurs du jour, quand le soleil, comme honteux, n'ose pas briller, est infernale ! Nous devons toutes êtres présentes à l'appel, les malades, les mourantes, par rangs de cinq.

Ce matin, dans la troisième rangée, deux femmes s'écroulent. L'une d'elles crache du sang ; immédiatement, elle est battue. Elle ne se relèvera plus. C'est Aglaé, la jeune Africaine. L'*Oberaufseherin* Binz, chef des surveillantes SS, maîtresse du commandant Fritz Suhren, passe l'inspection avec son chien. Un silence de mort règne parmi nous. Son pouvoir est absolu. Elle a chaud. Bien emmitouflée dans sa capote doublée de fourrure blanche, chaussée de hautes bottes, elle esquisse un mouvement des mains qui pourrait signifier qu'elle s'évente, ou qu'elle ne peut supporter son haleine putride.

Elle fait sortir du rang quelques femmes du groupe tzigane, ainsi que d'autres. Parmi elles, je reconnais Rose-Adélaïde, et la femme métisse qui m'a sauvée de la ronde allemande à Auschwitz. Dans quel block se trouve-t-elle ? Je ne l'avais plus revue depuis mon arrivée à Ravensbrück.

Sous nos yeux s'engage alors l'un des jeux favoris de notre gardienne : un match de catch féminin. Les Tziganes ne se laissent pas faire. De violents coups sont échangés. Rose-Adélaïde s'est précipitée sur la femme métisse. Elles s'empoignent, elles se battent, s'insultent à grand renfort de jurons créoles ! C'est un duel sanglant. Mais seule la sadique Binz en sortira victorieuse. D'un ordre, elle arrête ce combat pour donner le coup final. De ses pieds bottés, de sa main chargée de bagues, elle frappe encore quelques malheureuses. Puis elle rentre dans son bureau bien chauffé. Blessée, Rose-Adélaïde retourne dans le rang. Debout dans le froid et l'horreur, après cette scène, mon regard ne peut se détacher des cheminées du crématoire qui lancent des flammes rouges hautes de plusieurs mètres. Une odeur d'os calcinés, une odeur de mort, portée par le vent, nous saisit à la gorge.

Mourir loin des miens, effacée à tout jamais, non ! Agénor ne permettra pas que moi, et lui avec moi, disparaissions sans laisser la trace de ce qui nous arrive ici.

Il me semble maintenant que mourir au soleil, entre les cocotiers et les palétuviers, c'est un bonheur incomparable. Et je ne le connaîtrai pas.

La mort a quelque chose d'enjoué aux Antilles, elle a une odeur de « caca-bougie », de tafia, et de « cric... crac... », onomatopée sinistre évoquant le bruit des os que fait le squelette de la mort.

Mon père avait trouvé un nom à la mort, il l'appelait Bazile. Pas vraiment un copain, pas vraiment un ami ! Plutôt un inconnu souriant. Lorsque j'étais toute petite, un de mes oncles me racontait toutes sortes de contes à propos de la mort. Celui du défunt à qui l'on ferme plusieurs fois les yeux mais qui les rouvre toutes les heures, pendant douze heures, parce qu'il attend que sa bien-aimée vienne enfin lui rendre une dernière visite. « Eh ! cric... Eh ! crac... » Ou l'histoire de ce mort qui ne voulait pas mourir et qui, pour ne pas entrer dans le cercueil, se mettait à grandir. « Eh ! cric... Eh ! crac... » Ou encore celle de cette personne « gagée » à minuit, qui avait été « piquée » par un inconnu et transformée en animal du diable. La mort l'avait trouvée dans cet état, tandis que sa peau d'humain, perdant tout son sang, se mettait à avouer ses mauvaises actions. Il « déparlait », et tout le quartier était venu écouter le zombi et apprendre ainsi ses méfaits. Monsieur le curé avait été dépêché pour l'exorciser. Enfin, lorsqu'il avait tout avoué, le malheureux avait repris figure humaine. L'esprit du mal était mort.

Une fois, enfant, j'avais vu un cortège macabre s'arrêter en pleine campagne, juste pour boire un « pété-pied », jouer aux cartes ou aux dés ! On dit que la mort peut attendre ; là, c'était le mort qui attendait, au soleil, et le curé, à l'ombre !

Pour la petite fille bien vivante que j'étais, les veillées mortuaires étaient presque magiques, un point de repère imaginaire, fantastique. Dans la pénombre, la famille et les amis réunis se répétaient les contes anciens, et les enfants les écoutaient, yeux grands ouverts, pour apprendre à connaître le visage de la mort. Parfois un retardataire cherchait le mort en entrant : « Eti môa ? » Dans ces veillées, on mangeait, on buvait, on se recueillait, mais on chantait aussi.

Il y avait eu la mort de Séraphine dite Fifine, je me souviens...

Elle était sans âge. Elle pouvait avoir quatre-vingt-dix, cent ans, voire plus comme Anacharsis son arrière-grand-père, mort à cent quinze ans ; oui, elle pouvait avoir plus. La mort vint sur la pointe des pieds sans crier gare, Fifine ne s'était plainte de rien. On l'avait retrouvée sur sa vieille berceuse en rotin usé, les yeux clos, comme endormie. Sur ses lèvres ridées un sourire narquois semblait dire : « Vous pensez que je dors et que je me réveillerai bientôt. Eh bien ! non. Voici mon dernier sommeil, laissez-moi en profiter, c'est le meilleur ! »

Un silence complice, plein d'amour et de respect, se fit dans le quartier devenu toute paix. Même le vent se taisait, même le soleil se voilait la face et la mer était d'huile et la terre du Morne Rouge avait suspendu ses imperceptibles tremblements quotidiens.

L'âme de Fifine flottait entre ces quatre éléments. Il faudrait bien neuf jours avant qu'elle ne sache où aller. Pour l'instant elle était encore dans les limbes.

Tandis qu'une équipe de femmes et d'hommes s'occupait des démarches administratives : mairie, église, achat d'un beau cercueil capitonné, les amies et parentes de la défunte enjolivaient la case. Deux nièces et quatre vieilles békés étaient venues de loin pour baigner, coiffer, parfumer, habiller Da Séraphine. Elles pleuraient tout en lui parlant et l'embrassaient.

Ah ! elle faisait une belle morte, Fifine, dans sa grande robe de Da. Elle semblait fière d'avoir nourri en son sein tant de demoiselles de la haute société béké ; c'était cela être une Da. Cependant elle avait refusé de se laisser enterrer dans leur caveau, au cimetière des riches, au cimetière des békés. Elle voulait un enterrement gai comme la vie qui précédait l'autre vie. Un enterrement à elle.

Elle ne déparlait pas : pas besoin d'exorcisme. Elle n'était pas morte face contre terre, signe d'une mauvaise vie, elle s'était juste endormie souriante un soir de clair de lune.

Ah ! Fifine était née coiffée, murmurait-on, c'est pour cela qu'elle avait eu une si belle mort. Aucun mauvais esprit n'avait pu l'atteindre à sa naissance puisqu'elle était enveloppée d'une membrane translucide, sorte de seconde peau. Elle était retournée dans ce cocon protecteur le sourire aux lèvres.

Les gosses aimaient leur vieille doyenne et ils accouraient souvent chez Fifine pour écouter des contes sorciers, des contes animaux avec Compè Lapin, Compè Zemba, Compè Tigre dans le ventre d'un bœuf, pour retrouver un Ti-Jean L'Horizon ou un Ti-Jean La Fortune. Ils tremblaient les gosses en entendant toutes ces histoires de sorciers, de quimboiseurs, de séanciers qui menaient grand commerce avec le diable.

D'autres jours, la case de leur vieille amie devenait un halo de bien-être et de tendresse. Les plus petits et les plus grands s'abritaient sous la douillette de Séraphine ou à l'intérieur de son buffet créole plein de bonnes confitures lorsqu'ils avaient fait une bêtise et craignaient d'être punis.

Tous les parents du quartier connaissaient et aimaient Fifine et, une fois la colère tombée, ils venaient récupérer leur progéniture en souriant et dodelinant de la tête. Ils murmuraient : « Ah ! Fifine, *Bondié ba ou en lo lanmou...* », que d'amour en ton cœur, Dieu a mis...

La mort de Fifine, c'était une partie de l'amour qui s'en allait, qui s'évanouissait du quartier. Rien ne serait plus comme avant et en traversant la cour proprette, tous les voisins revoyaient l'image de leurs bébés endormis dans les trays ou dans de toutes petites chaises berceuses ou encore dans une grande carapace de tortue, lorsque Fifine leur racontait l'histoire du cheval à trois pattes :

An chouval té ni trois patt'
Tout' poil li té blanc
An mitan do ï dé bel zail'
Dé bel zail' argent kon la line
To ko to, to ko to, to ko to

Tout' moune séré
A dan galta
A dan bifé
An ba zorié an ba couvéti
To ko to, to ko to, to ko to,

Tonè ka roulé
Zéclè ka brillé
Zétoil' ka tremblé
La pli ka tombé
To ko to, to ko to, to ko to,

Chouval ka palé
Chouval ka pléré
Chouval ka chéchè la guiablesse
Katiopine la guiablesse assiz' en ba en fromagé
To ko to, to ko to, to ko to...

Séraphine reprenait en français de sa voix douce :

C'est l'histoire du cheval à trois pattes
Qui cherche la diablesse Katiopine
Celle qui a un pied de cheval
Et un pied humain...

Le soir de la veillée mortuaire ce fut un grand rendez-vous pour tous les habitués de la case de la vieille dame. On avait installé des bancs sous le grand tamarinier-doux de sa courette car il faisait chaud dans la petite maison. De nombreux amateurs de contes étaient là et partout fusaient des « Eh ! cric... eh ! crac. À Bou Bou Grak ! »

Mais tous attendaient le maître conteur, Maître Aristote. Il arrive, en vrai prince mandingue, avec bijoux au cou et sur les mains. Les ongles de ses auriculaires sont longs, très longs ; il mérite son surnom de « grands ongles ». Il s'assied en faisant tournoyer sa cape noire doublée de moire bleue. Il demande un punch vieux sec, le boit d'un trait et sort de son fourreau un vieil harmonica qui accroche un éclat de lune. Il joue, il fait danser, danser Fifine car Séraphine aimait valser du temps de sa jeunesse.

Un orchestre improvisé se forme, composé de mandolines, de flûtes, de cuillères tapées sur des troncs de bambou, d'accordéons. Et l'on chante :

Si Lapin vini la Kaye,
ba-y boué
ba-y mangé
ki té Lapin dansé
ki té Lapin chanté
cé Lapin et Lapin malin...

Les nouveaux arrivants vont se signer devant la dépouille mortuaire en entamant des psaumes et prières de circonstance. On embrasse Fifine, on la touche tendrement, elle est belle ainsi exposée entre ces gros pots d'aromes roses et blancs. À l'entrée de la pièce deux majestueux multipliants font la haie d'honneur à quelques anges invisibles.

Deux lampes à pétrole diffusent une lumière tamisée et on place treize petites lampes à huile tout autour du corps de Fifine. Un petit chapelet blanc est emprisonné entre ses doigts noirs flétris. Sa dernière coquetterie ; elle a voulu partir avec ses jolies boucles d'oreilles pomme-cannelle et un peu de rose à lèvres sur son sourire. Elle semble dire pour la dernière fois : « Allez chanter, Allez danser, Allez valser dehors pour moi... »

Et puis, il y avait les cimetières illuminés de mille et une bougies, petites lueurs rouges et persistantes qui me faisaient penser aux millions de lumières de la voûte céleste. La mort, c'était la féerie, sous les tropiques.

Lieu de recueillement et de tristesse, le cimetière devenait aussi pour les enfants un lieu magique, un lieu de fête, puisqu'on y célébrait dans la joie les saints du 1er novembre, et le lendemain les morts.

À Ravensbrück, pas de cimetière, mais des charniers, des morts sans respect, sans fête, sans sépulture... Ici on meurt sans savoir d'où vient le coup. Une obsession mortelle, vague et tenace nous envahit, nous détruit. La vérité du camp, c'est cela : une scène de folie grotesque, effrayante, dont nous sommes les macabres marionnettes. En moi subsiste une réalité rayonnante, celle des rêves qu'Agénor entretient comme un brasier.

19

Retrouvailles

Dans ce climat transfiguré, désincarné, où mon corps nu est nié, sacrifié, bon pour le rebut, cette sensation de rêve éveillé devient de plus en plus forte.

En moi, Agénor se purifie, s'exalte et me donne ma nourriture spirituelle quotidienne. Je découvre en moi la montagne sacrée aux ex-voto magiques. Je goûte au pain de rêves, mon « zacharie » à moi. Suzanne et moi, dans des rêves assez démesurés pour enfermer nos longues espérances, dans ces rêves secrets, nous sommes habitées par des êtres vivants ou morts.

Ce qui me soutient, c'est d'imaginer mon fils vivant en Pologne, le souvenir de mon père et de ma mère. Et, à travers tout cela, Agénor.

Malgré toutes les violences que je subis, Agénor est pour moi un refuge impalpable, la possibilité d'être sans cesse ailleurs. Je m'évade, je m'échappe de la réalité. Et quand l'odeur de puanteur des cadavres devient insoutenable, je ne sens qu'un seul parfum, celui de l'orchidée sauvage, mêlé aux senteurs du vétiver et du jasmin.

Lorsque j'ai faim, Agénor fait flotter au-dessus

de Ravensbrück une odeur de sucre de canne tout frais sorti de l'usine.

Ce système de défense, de survie, il me semble que je peux l'insuffler à distance à Désiré.

Carol, l'Américaine, va tous les jours compter les enfants qui viennent d'arriver. Que cherche-t-elle ? Un enfant perdu, elle aussi ? En tout cas, elle cherche également pour moi un enfant de couleur. Aujourd'hui, elle revient bredouille, comme tous les autres jours. Une autre femme de notre block, Milena, se rend à la morgue, pour compter les morts. « Aujourd'hui, il y en a eu quatre-vingts », dit-elle. L'une compte les vivants, l'autre les morts.

Carol m'étonne en disant qu'elle trouve la paix en vivant au jour le jour. Éloïse, c'est heure par heure. À moi, Agénor offre une splendeur royale, faite d'or et de blanc, d'une pureté sereine, hautaine, dans une ivresse inconsciente. L'extase me nourrit. Une beauté de rêve. Je me transporte hors de ce monde. Mon rêve m'alimente, je deviens invulnérable.

Carol l'Américaine, Éloïse la Malgache, Rose-Adelaïde la béké, Nadine l'Asiatique, et les Tziganes, et toutes les autres femmes juives, françaises, polonaises, russes, italiennes de ce camp, comprennent-elles mieux que moi pourquoi nous sommes ici ?

Je ne compte plus les jours ni les nuits. Je ne date plus mon carnet. Agénor compte-t-il en jours, en mois ? Non. Il est la vie qui ne compte rien. L'Éternité.

Aujourd'hui, par dérision, pour nous occuper,

nous échangeons des recettes de cuisine. Suzanne est émouvante dans sa description de la préparation des rillettes du Mans. Ils sont rares, ces moments de calme, depuis mon arrivée au camp ! Des clans se sont formés, et, malgré l'horreur qui nous lamine toutes, le racisme subsiste. Aucune des autres femmes noires ne se sent acceptée. Pas plus qu'une Bordelaise n'accepte une Russe, pas plus qu'une Espagnole ne comprend une Norvégienne.

Tout est sujet à disputes entre les pauvres esclaves que nous sommes. Je travaille, je dors, je pleure de moins en moins, j'observe, j'écoute, j'écris. Et je prie.

La voix douce de Suzanne m'arrive et me ramène à la vie :

— Il faut un kilo de saindoux pour cinq cents grammes de viande de porc hachée...

Une autre évoque le *Christmas pudding*. Dans cette cacaphonie culinaire, entre confit de canard et far breton, nos dents grincent, notre palais salive. Notre faim est toujours plus grande, mais nous la trompons avec nos paroles.

— C'est mon tour, je veux vous faire savourer nos délicieuses recettes antillaises. Mais il faut commencer par l'apéritif : le « Ti-punch ».

On met dans un verre une toute petite dose de sirop de canne à sucre obtenu en faisant frémir sucre brun et eau mélangés à un brin de vanille et quelques petits tubes de cannelle. On rajoute du rhum blanc, accompagné d'un quartier de citron vert dont une légère pression des doigts libérera de délicieuses gouttes au parfum frais.

Le punch blanc se sert à midi et celui qui est dit vieux, mon préféré, le soir à la tombée de la nuit ; il est d'une saveur exquise, ce vieux rhum ambré vieilli dans des fûts de chêne. Certains rhums ont mon âge, vingt-cinq ans.

J'invente ensuite le menu d'un repas créé dans mon cerveau enfiévré par mon estomac affamé :

Calalou crabe
Féroce d'avocat
Marinade titiris
Blaff de poissons
Tortue fricassée
Manicou – pois rouge
Desserts créoles
Vins de France – vin d'orange – vin d'ananas

Le calalou se sert chaud, celui que je vous propose est une épaisse soupe où baignent crabes et gombos, sorte d'asperge visqueuse, verte à petits grains roses, translucides, enfermés à l'intérieur de la gousse molle. Le calalou est dit « revigorant », et on le conseille aux jeunes mariés.

Le féroce, chacun le prépare à sa manière. Avec les mains, on malaxe doucement farine de manioc, morue grillée et dessalée, oignons-pays finement hachés, poivre de la Jamaïque, piment-oiseau coupés avec précaution, le tout lié au beurre végétal qu'est l'avocat à la chair crémeuse d'un tendre jaune-vert. Ensuite arrivent les marinades ou acras, beignets dont la pâte enrobe de minuscules poissons d'argent qu'on appelle titiris. Combien de fois ai-je goûté à ces « éclairs de titiris ? » Pour mon blaff de poissons, j'ai choisi du capitaine, qui porte ses galons sur le dos, et de grosses sardes, touchées par Dieu à cause des taches dorées qu'elles ont près des ouïes. Le manicou, petit marsupial sauvage, a un goût particulier, très recherché par les indiens caraïbes. Il possède d'innombrables vertus aphrodisiaques.

Enfin arrive le dessert, j'annonce des fruits merveilleux dont le nom même est inconnu en Europe. Ils sont délicatement disposés dans une corbeille tressée de latanier ou de bakoua, sur un lit de feuilles de bananier rouge : des barbadines, pareilles à des melons roses ; des pommes-lianes entourées d'une colerette de sépales ; des prunes de cythères ; des caïmites à la pulpe fondante ; des mangues Julie et, paré d'un haut diadème de feuilles émeraude, le roi des fruits, l'ananas de Saint-Pierre ; des goyaves parfumées soit blanches soit roses à la pulpe granulée ; de minuscules bananes, grandes comme un pouce, appelées fressinettes ou « ti-figues dessè » ; des pommes d'acajou, surmontées d'une noix en guise de couronne ; des pommes-cannelle boursouflées d'écailles vertes ; des pommes d'eau juteuses qui désaltèrent si bien.

Cette corbeille fruitée est mon trésor, ces parfums m'enveloppent. Quelque chose de sucré et d'onctueux, de chaud, coule au fond de ma gorge. C'est que soudain une voix s'élève et donne la recette antillaise du chocolat de première communion. Je me lève d'un bond ; c'est Rose-Adélaïde. « *Béké épi Neg' pa te ka enten* » – « békés et Nègres ne s'entendent pas » –, dit-on aux Antilles. Mais à Ravensbrück ?

Cette nuit, j'ai fait un rêve : je noyais Rose-Adélaïde dans une grande cuve à rhum de l'usine du Lamentin, une cuve pleine de chocolat de première communion ! En général, je rêve que je mange de la viande grillée, des côtelettes de mouton avec une « sauce au chien », à l'antillaise. De la viande, tout le monde en rêve dans le camp. Et la plupart d'entre nous se réveillent en sursaut avec une terrible sensation de crampes à l'estomac.

En réalité, c'est l'odeur du crématoire que nous sentons. Terrible méprise de nos sens. Triste rêve que nous faisons les soirs de grande faim. Par la rumeur, j'apprends que nous sommes nombreuses à faire ce rêve, sous l'influence de l'odeur du camp et de la faim. La vermine fait des ravages dans notre bloc. Poux de tête, poux de corps ; malgré une toilette complète, je ne peux éviter les maudites bestioles. La paille de nos lits n'est pas remplacée, et les poux résistent aux lavages.

Nouveau convoi en provenance d'Auschwitz, nouveau convoi en provenance de Pologne. Le camp est plein à craquer. Lors de ces arrivées, nous pouvons plus facilement circuler dans les différents quartiers. C'est ainsi que je découvre le block 31, le block des folles. Par une fente, je jette un regard. Dans une toute petite pièce, une cinquantaine de femmes sont rassemblées : ce sont de pauvres créatures qui ont perdu la tête, comme moi j'ai peur de la perdre tous les jours ! Ces malheureuses sont là, serrées les unes contre les autres, sans pouvoir s'allonger, certaines complètement nues. D'autres portent des vêtements mis n'importe comment : la chemise tombe sur la robe, le pull-over recouvre le caleçon ; ces corps décharnés sont tous couverts de plaies, de gale, de bleus. Mortes et vivantes sont mêlées : des corps sales, souillés d'excréments, de sang, de boue. Les vivantes, chantent, hurlent, gémissent, pleurent, crient, toutes à la fois. Le silence revient soudain : un énorme seau d'eau glacée a été lancé par l'entrebâillement de la porte.

Il y a là une femme noire ; elle joue à la poupée avec une morte, noire elle aussi. Elle doit avoir une trentaine d'années, la morte environ vingt ans. Ce ne peut être sa fille. Elle la met debout sans arrêt, le long du mur, observe si elle peut tenir debout ; si elle tombe, elle gifle jusqu'à épuisement ce corps déjà meurtri. Elle parle, mais, dans ce brouhaha, je ne peux distinguer ce qu'elle dit. Elle refait sans cesse la même manœuvre. Lorsque le corps ne tombe pas, elle le fait marcher, comme un tout petit enfant...

Je voudrais tant l'aider, lui parler, la calmer. Moi qui ai fait des études d'infirmière par respect de la vie, pour secourir mon prochain, je suis impuissante devant tant de douleur. On m'interdit d'exercer mon métier, de donner des soins, même élémentaires, parce qu'on me méprise, parce qu'on m'a classée comme « déchet humain ».

Hallucinée par le spectacle, je n'entends rien venir. Pourtant, un violent coup de botte m'envoie atterrir la tête la première dans la boue. Je reçois immédiatement dix coups de bâton. Le soir même, je suis privée de soupe, et resterai trois dimanches sans manger. Mais il faut d'abord que je reste debout dehors, sous la neige, pendant dix-huit heures. J'ai vu des larmes dans les yeux de Suzanne.

Les punitions individuelles sont rares ; nous sommes toutes solidaires les unes des autres. Nous « posons », c'est-à-dire restons dehors debout, sans manger, pendant dix-huit heures, pour avoir parlé dans les rangs ; trente-six heures parce qu'une prisonnière a tenté de s'évader. Pas une de nous ne peut résister sans s'évanouir deux ou trois fois. La punie doit reprendre sa place dès qu'elle revient à elle.

Moi, cette fois-ci, j'ai eu du mal à m'en remettre.

Nous sommes dimanche. J'ai très faim. Il fait moins trente degrés à l'extérieur ! Peu de prisonnières sont dehors. Toutes se terrent. Nous nous méfions les unes des autres, car il circule un vent de délation. Et les amitiés sont précaires : emportées par l'intérêt immédiat ou par la mort.

Je regarde devant moi un autre numéro venir dans ma direction. C'est une femme noire ; nos regards se croisent, nos pas s'arrêtent, je viens de reconnaître une amie, la fille de mon instituteur, Anastasie.

Je savais qu'elle s'était mariée avec un instituteur français, un Strasbourgeois. Nous tombons dans les bras l'une de l'autre. Il faut faire vite. On ne nous laissera pas longtemps converser. Comme une hystérique, je lui parle de Nicaise et de Désiré.

— Anastasie, as-tu vu des enfants de couleur ou des gens qui en auraient rencontré ?

Elle fait non de la tête. Elle a d'autres choses à me raconter, incroyables. Son frère se bat contre les Allemands, il fait partie d'un bataillon antillais. Embarqué à l'aéroport de Roseau, dans l'île de la Dominique, le 10 juin 1943 ; passage dans un camp militaire à La Nouvelle-Orléans, aux États-Unis. Après, entraînement à Casablanca. Elle cite des noms d'officiers antillais : le général Dardet, le commandant Félix Éboué, le général Mortenal ; le colonel martiniquais Gournal est à la tête d'un groupe de résistance dans le Midi. Elle me parle aussi du capitaine Pierre Rose, qui dirige un réseau de résistance dans la vallée de l'Asse, réseau qui porte un nom que je connais bien : Fort-de-France.

Elle parle, parle tout d'un trait. Et soudain, une question presque saugrenue :

— Est-ce que tu écris encore des contes pour enfants ?

— J'écris toujours, mais autre chose.

Vais-je lui parler d'Agénor ?

C'est trop tard. Des S S. arrivent avec leurs chiens. Il faut aller se dissimuler plus loin.

En passant près du block des folles, notre attention est attirée par des cris, des rires, des chants, des supplications, des hurlements. Un camion se trouve dans la cour : des soldats y font monter les malheureuses qui ont perdu la tête.

Parmi elles, je reconnais la jeune femme noire qui jouait avec la morte. Elle s'arrête, puis repart, le regard lointain. Anastasie me dit : « Elle a dû te prendre pour moi ! Je l'ai aidée à accoucher il y a deux mois. Son mari est mort à Dachau ; enceinte, elle a échoué ici. Après d'horribles souffrances, elle attendait cet enfant de l'amour comme une délivrance. À peine né, l'enfant lui a été arraché. Alors, elle a réclamé, crié, hurlé, elle a été battue. Après, elle frappait à son tour tous ceux qui s'approchaient, refusait la nourriture. Elle m'empêchait de dormir, me reprochait de lui avoir volé son fils. Puis ce furent des paroles incohérentes, des discours sans fin, suivis d'un mutisme total. Jetée au block des folles, elle déchira ses pauvres vêtements pour s'en faire une poupée. Devenue calme, tendre et maternelle, elle berçait à longueur de journée cette poupée de chiffon. »

Moi, je l'avais vue avec une poupée de chair et de sang, mais morte.

20

Bambous

À Ravensbrück, toute femme qui possède un « don » se voit dotée d'un certain pouvoir. Suzanne se fait maintenant respecter ici, parce qu'elle parle parfaitement l'allemand.

Nadine, la Chinoise, a le génie du vol. J'ai pu l'observer. Elle part le matin en commando, nue sous sa robe, et elle rentre le soir avec plusieurs pull-overs sur le dos et des objets divers, dérobés on ne sait où. Elle réussit même à faire entrer des médicaments au camp, ampoule par ampoule, grâce aux filles qui déchargent les wagons et ont aménagé des caches dans leurs chaussettes !

Aujourd'hui, Nadine est revenue avec trois feuilles de papier et un crayon, c'est un miracle ! Glissé entre les feuilles, elle a volé à la comptabilité un rapport sur la rentabilité de ce camp. J'apprends ce que nous coûtons, comme prix de notre entretien. Notre location journalière varie entre 6 et 10 marks. Ainsi, nous sommes « louées » à des entreprises ou à l'État, pour divers travaux dans le camp.

Carol, l'Américaine, est cantatrice dans son pays. Quand notre block est un immense brouhaha autour d'une même inquiétude – la faim –, elle chante pour apaiser tout le monde, elle chante *Carmen* de Bizet. D'autres filles se sont spécialisées dans l'interprétation des songes. Elles cherchent, à leur façon, à se redonner et à nous redonner courage :

— Tu as rêvé que tu t'envolais, expliquent-elles, c'est bon signe, ça veut dire que nous allons être délivrées.

Éloïse elle aussi possède un don : elle a des doigts d'or. En cachette, avec des bouts de fer volés par une autre détenue qui travaille aux usines Siemens, elle fabrique des barrettes, des cuillères, qu'elle échange ensuite contre de la nourriture ou d'autres choses dont elle a besoin.

Si nous réussissions à unir nos talents, cela nous permettrait peut-être de survivre.

Agénor, Nègre universel, tu viens de me donner une idée ! Il faut organiser à Ravensbrück des réunions secrètes entre nous, les Noires. Des réunions comme celles qui existaient autrefois aux Antilles. Nous les appellerons « bambous », parce que cette plante de mon pays est aussi une arme aux pointes acérées qui provoquent d'irrémédiables hémorragies internes sans laisser de traces ; bambous qui plient jusqu'à terre et se redressent vers les cieux dès le cyclone passé.

Suzanne vient me chercher discrètement ; je sors immédiatement avec elle pour aller à notre première réunion secrète. Nous avons décidé de la tenir près de ce que nous appelons par dérision la *Sheisskolonne*.

Tout le monde est présent à notre réunion, sauf Anastasie. Elle a dû être retenue. Suzanne est à mes côtés – pour moi elle n'est ni blanche ni noire, elle est blanche et noire. Carol, Nadine et Éloïse sont avec nous. Aglaé nous manque, notre jeune amie du Sénégal. Pauvre petite Aglaé, si douce, si naïvement seule, elle qui nous avait tant parlé de son île au triste passé : Gorée. Un geste de prière, un signe de croix, Carol entame un chant d'église, un chant noir, profond, qui nous ramène à la Gorée d'autrefois. Elle me dit que cela s'appelle un gospel. Nous murmurons avec elle, répétons après elle.

Nobody knows the trouble I've seen,
Nobody knows but Jesus.
Nobody knows the trouble I've seen,
Glory Hallelujah!

Une sourde prière s'élève dans le ciel gris et indifférent de Ravensbrück, mais elle ne peut durer, car tous nos sens sont en éveil : la peur d'être surprises, d'être trahies. Et puis l'odeur insoutenable qui se dégage de cet endroit, la *Sheisskolonne*, le seul endroit qui ne semble pas attirer les regards indiscrets, envieux : les latrines.

Qu'avons-nous à nous dire, pour nous réunir ici ? Qu'avons-nous de si urgent à partager ? Qu'ai-je à donner à ces autres femmes ? Mon passé, ma négritude ? Je les découvre chaque jour davantage dans cette ville de fous où mon avenir bute sur la cruauté humaine, où nous sommes toutes les esclaves de cette folie. Plus exclue que les autres dans ce monde d'exclues, il faut que je partage Agénor, une force cachée, avec mes compagnes d'infortune. Lui seul peut nous permettre de survivre. Est-ce toi, Agénor, qui rassemblais à la Martinique, en 1793, tel un roi nègre, les « nations », Ibos et Bambaras, pour les faire danser dans ces assemblées secrètes qui avaient pour nom « convois de l'espérance » ou « convois des unies » ? Oui, à Ravensbrück, toutes les cinq, grâce à toi, nous sommes nous aussi devenues le convoi des unies, et même celui de l'espérance. Manifeste-toi en ces femmes, sauve-nous, Agénor, mon Dieu, fais-nous chanter, fais-nous danser !

Carol la première a ressenti ta présence ; son corps tressaille, ses lèvres tremblent et sa voix chaude décrit, dans un mélange de français et d'anglais, une ombre, puis plusieurs, toutes vêtues de cagoules blanches. « Regarde, Sidonie, c'est l'ombre rampante et assassine du Ku Klux Klan. » Devant nos visages atterrés, interrogateurs, elle parle, explique. Elle dit aussi qu'Hitler a écrit un livre, *Mein Kampf*, qui traite des races inférieures, entre autres des Noirs. Elle ne l'a pas lu mais répète les propos de son petit frère Steve. Il lui a affirmé qu'en 1936, lors des Jeux olympiques de Berlin, le Führer a refusé de serrer la main à deux athlètes noirs.

Puis d'un coup le visage de Carol se modifie, devient presque rieur pour évoquer son frère

Steve, pilote de chasse de l'armée américaine. Elle est sûre qu'un jour il délivrera notre camp.

Nadine, la réaliste, met un terme à cette réunion. Au milieu de ce cloaque, elle nous fait rêver de la Chine aux mille pruniers en fleur, à ces maisons de poupée en feuilles de bambous, aux thés parfumés.

Lorsque nous ressortons de notre cachette, nous n'avons qu'une envie, nous laver. Une pluie providentielle s'abat sur le camp. Je me mets à danser et chanter de joie : « *Ba moin an ti bo, deux ti bo, trois ti bo, doudou...* » Nous nous serrons les unes contre les autres, nous embrassant et pleurant à la fois.

Anastasie ? Où est Anastasie ? Quelques heures après mon retour au block, j'apprends par Nadine qu'Anastasie est malade. Atteinte de typhus, fiévreuse, elle est partie au *Revier*, l'antichambre de la mort. Nous devons la sauver ! Nadine est parvenue à l'entrevoir, mais il est impossible de pénétrer au *Revier* sans se faire remarquer et envoyer au *Strafblock*, le block de punition.

C'est pour m'y envoyer que Rose-Adélaïde me suit chaque fois que je m'éloigne de notre groupe. Comment faire pour me débarrasser d'elle ? Cela fait trop longtemps qu'elle me surveille. Je décide qu'elle mérite une leçon. Sciemment, je l'entraîne vers la *Sheisskolonne*. Lorsque nous y arrivons, je me retourne brusquement :

— *Pouki ou ka suiv' moin kon ça ?*

— *Pa ce ou cé en vié négresse.*

— *Jodi-a ou caille oué ça en vié négresse caille féou, pren coulé* * !

Aussitôt dit, aussitôt fait, je pousse Rose-Adélaïde de toutes mes forces au milieu de la fosse d'aisances et me sauve en courant.

Sur mon chemin, un peu plus loin, je m'arrête hors d'haleine. Deux détenues poussent un chariot chargé de cadavres. Le corps d'une femme à la très longue chevelure glisse ; ses cheveux s'enroulent dans la roue de la charrette ; les détenues s'arrêtent pour défaire ce nœud inattendu. Alors tout le triste contenu du chariot s'échappe et se répand sur la terre boueuse.

À la vue de ce spectacle, je me mets à rire aux éclats. Mon hystérie est immédiatement réprimée par l'œil de la blockowa. Mais aujourd'hui j'ai plus peur de moi que d'elle. J'ai peur de perdre la tête. En d'autres temps, une telle scène m'aurait fait éclater en sanglots. La folie guette nos esprits ; car si le rire est un exutoire, il est aussi le masque grimaçant de toutes nos peurs.

Survivre, il n'y a que cela qui compte, et les formes de la survie sont obsédantes, répugnantes. On vole sa chemise ou ses souliers à une agonisante sans même attendre son dernier souffle pour se disputer les restes. On guette l'arrivée des nouvelles pour déceler celle qui a des chances de durer, ou celle qui n'en a pas.

Si au bout de quelques jours la volonté craque,

* « Pourquoi me suis-tu ainsi ? – Parce que tu es vieille Négresse. – Aujourd'hui, tu verras ce qu'une vieille Négresse te fera. Prends des couleurs ! »

la mort s'inscrit sur le visage. Il est difficile de déterminer le passage d'un stade à l'autre ; chez les unes il est progressif, chez les autres, très rapide. Mais le second stade devient visible quand le corps a perdu le tiers de son poids normal. Le visage se met à changer ; le regard paraît morne, l'expression indifférente, vide et triste ; les yeux se voilent, s'enfoncent dans les orbites. La peau, qui prend une teinte grisâtre, un aspect de papier mince et dur, s'écaille. Je n'ai pas atteint cette deuxième phase ! Agénor donne encore quelques reflets noirs à ma peau.

Les jours passent avec leur fardeau d'horreur. Grâce à Nadine, je peux de temps en temps me faufiler jusqu'au *Revier*. Anastasie va très mal. Elle perd la tête, délire. J'ai moi aussi de plus en plus de mal à garder mes esprits. Je suis souvent absente, rêveuse. Je me mets parfois, à mon insu, à fredonner une vieille chanson que Victoire, ma mère, m'a apprise. C'est la chanson pour laquelle Anastasie et moi avons eu un premier prix de chant ex æquo : « Ô Martinique aux pitons verts, aux couchants d'or et de grenat. » Je bondis à l'infirmerie et, près de la fenêtre, chantonne cette vieille cantate créole. Peut-être l'entendra-t-elle ?

Depuis quatre jours, à des heures différentes, j'accomplis ce rite. J'espère qu'il aidera à sauver Anastasie elle qui est plus que mon amie, qui est aussi ma mémoire. Sa mort serait terrible pour moi. Je sais qu'elle peut guérir grâce à notre chaîne d'amitié. Agénor nous aidera. Mon chant m'a valu aujourd'hui dix coups de bâton d'une

Polizei, et aussi de devoir aider au déchargement d'un train de marchandises arrivé de Pologne.

Les convois se succèdent. Il faut des centaines d'esclaves comme nous pour les décharger. Des équipes se créent, nous travaillons le jour et une bonne partie de la nuit. C'est là que je retrouve de nouveau cette femme antillaise qui m'a sauvée à Auschwitz, après que j'ai vu Désiré pour la dernière fois. En déchargeant le wagon qu'on nous a attribué, j'essaie de savoir si elle a vu mon fils. Mais elle ignore tout de lui. En parlant, j'apprends son secret : elle est née d'une mère gitane et d'un père martiniquais. À la mort de sa mère, elle a été élevée par son père, à l'antillaise, en constant rapport avec le monde gitan. Arrêtée sur la route, envoyée à Montreuil-Bellay, en Anjou, elle s'est retrouvée à Auschwitz avant d'être envoyée ici, à Ravensbrück.

21

Les sous-hommes

Ce matin encore, j'ai réussi à m'échapper un instant de notre block pour me diriger en secret vers le *Revier*. Je dois chanter pour Anastasie. À travers le grillage s'élève une voix, en réponse à la mienne : « Ô Martinique aux pitons verts. » Je continue doucement, et l'autre voix continue aussi : « Femmes tombé pa jen main désespéré. » C'est un miracle ! C'est Anastasie, et elle vit ! Elle m'a entendue. Agénor m'a entendue ! Je ne peux rester plus longtemps et me sauve en courant avant qu'une blockowa ne me repère. Mais je suis heureuse, si heureuse !

Chaque jour, maintenant, j'ai des nouvelles d'Anastasie par Nadine. Sa fièvre est tombée. Elle s'est remise à manger ce qu'on lui donne, c'est-à-dire un brouet infâme. Je lui fais parvenir de minuscules tranches de pain rassis ou des pommes de terre bouillies échangées contre les petits objets que Nadine parvient à récolter dans le camp.

Quant à moi, on m'a confié un nouveau travail. Je dois faire le tri parmi les affaires personnelles que les nouvelles détenues apportent avec elles en arrivant ici tous les jours, et dont elles doivent se dépouiller. Les Allemands surveillent ce travail de très près. Ce sont les bijoux et les vêtements qui les intéressent le plus. Parfois, dans les doublures, sont dissimulés des objets de grande valeur ou des billets de banque. Moi, j'y ai trouvé une bible miniature que j'ai essayé de conserver, mais on me l'a reprise.

Anastasie est guérie. Elle a eu ce qu'on appelle la fièvre des marais de Ravensbrück, qui donne des accès subits de température. Elle sortira demain du *Revier*, me glisse à l'oreille Suzanne avant de s'endormir. Vision dantesque que celle de ces visites au *Revier*. Suzanne me raconte :

— Il faut avoir au moins quarante de fièvre pour être admise à passer la visite médicale. Souvent les malades sont déjà mourantes : certaines sont portées sur des brancards, d'autres doivent se traîner seules jusqu'à l'infirmerie. Il y a là des salles d'opération, de dentiste, d'auscultation, de prélèvements. Mais je me demande à quoi servent tous ces équipements quand les malades sont abandonnées dans une crasse pareille, sans eau, sans W.-C.

Pour une simple fièvre infectieuse, on a toutes les chances de contracter des maladies beaucoup plus graves. Seuls la force et le repos ont guéri Anastasie. En voyant ces blocks de malades, ces lits à étages sans hygiène où s'entassent plusieurs personnes dans une promiscuité terrifiante, on se croirait dans un hôpital du Moyen Âge pendant les grandes épidémies.

Anastasie est vivante mais nous avons perdu Carol. Elle s'est disputée il y a quelques jours avec la blockowa Knoll lors d'une inspection sanitaire. Celle-ci, ayant découvert des poux dans sa paillasse, a commencé à la battre. Carol a résisté en la traitant de *Schwein racist*. La Knoll a fait volte-face, son regard d'acier était d'une dureté incroyable. Elle a sans doute décidé à ce moment que la vie de Carol était terminée. Mais elle n'a rien dit. Retrouvant son calme, elle a seulement prononcé cet étrange discours devant les autres femmes réunies là : « Nous ne faisons que continuer l'œuvre civilisatrice que les Français, les Anglais, les Espagnols, les Portugais et les Hollandais ont mise en place bien avant nous et qu'ils ont été incapables d'achever. Ils ont déporté des millions de Noirs pour avoir une main-d'œuvre gratuite et renouvelable. Ils avaient compris qu'il y a des races qui sont faites pour commander les autres. Ce sont eux les auteurs du terme "sous-homme". Mais nous, nous avons la solution finale. »

Carol a été emmenée de force au *Revier* avec plusieurs autres de nos compagnes pour y être opérées dans des conditions indescriptibles. On fait sur elles des expériences. Leurs plaies sont volontairement souillées de terre ou de détritus, puis traitées aux sulfamides. Un médicament appelé B 1034 a été expérimenté sur Carol. Anastasie et moi apprenons aujourd'hui sa mort. Nous pleurons toutes deux en silence... « *Nobody knows the trouble I've seen...* »

Dans notre block de NN 32 il n'y a plus que

des femmes terrorisées. J'en fais partie. J'essaie de me faire remarquer le moins possible, mais mes relations avec Rose-Adélaïde empirent sans cesse. Lorsqu'elle apprend la mort de Carol, elle se met à rire, et me dit que ce sera bientôt mon tour, que je ne tiendrai pas le coup et qu'on m'enverra au *Revier*. Je réponds en l'insultant et elle bondit sur moi pour me frapper. La blockowa Knoll surgit, cravache à la main, et nous sépare.

Rose-Adélaïde est envoyée au cachot. Moi, on m'envoie au *Strafblock*. C'est là que sont parquées, derrière des grillages, toutes celles qui sont accusées de rébellion ou d'indiscipline. Elles portent sur la manche un disque rouge qui permet de les distinguer en cas de fuite.

La blockowa du *Strafblock* est une Tzigane qui a trahi les siens et s'est mise au service des nazis. Pour elle, l'arrivée d'une jeune et jolie fille est une aubaine qui lui permet d'assouvir ses vices. Avoir nommé cette pervertie responsable du block des punies est odieux. Aux souffrances physiques s'ajoutent la honte et l'humiliation.

Pour avoir refusé les avances de cette femme, je ne touche que la moitié de ma ration pendant dix jours. Et je suis copieusement battue. Ensuite, je suis mise au débarquement du charbon. Cela fait rire notre blockowa chaque fois qu'elle me voit revenir plus noire qu'à l'aller.

22

Les racines ne meurent jamais

Agénor, pourquoi m'abandonnes-tu ?

Je suis enfin sortie du block de punition, mais je sens ma fin proche. Je tousse et je crache le sang. Je sais que j'ai la tuberculose. C'est l'été, maintenant, et pourtant le paysage est aussi triste qu'en hiver. Je ne reverrai plus jamais le soleil des Antilles. Il y a environ six mois que je suis ici, six mois que j'ai l'impression de ne plus appartenir à ce monde. Je suis déjà entrée dans un autre monde.

Une rumeur circule dans le camp : le jour où les heures sonneront dans l'enceinte de Ravensbrück, Hitler sera vaincu. Qui a bien pu répandre ce bruit ? C'est d'autant plus étonnant qu'il est inconcevable de voir une horloge ici : nous vivons hors du temps, hors de l'écoulement des heures et des jours. Pour moi, de toute façon, quelle que soit l'heure, il sera trop tard. Mes forces m'abandonneront bientôt, j'en suis certaine.

Ce matin j'ai repris mon service pour la distribution du café. Il est trois heures et demie du matin et je suis épuisée. Je me traîne vers les cuisines à travers le camp qu'éclairent ici et là les projecteurs installés sur les miradors, lorsque tout à coup je me fige sur place. Là, devant moi, s'élève une tour carrée que je n'ai encore jamais vue. On dirait qu'elle a surgi pendant la nuit au-dessus des cuisines, et sur une de ses faces il y a un cadran. Que fait-il là ? Pas d'aiguilles, mais c'est bien un cadran d'horloge. C'est l'horloge de Ravensbrück qui annoncera la fin de Hitler ! Agénor, est-ce toi qui l'as transportée jusqu'ici ? M'as-tu écoutée, ou suis-je réellement en train de devenir folle ?

Je croyais devoir mourir ici, mais je me suis trompée. Je viens d'apprendre que Suzanne et moi allons changer de camp. On nous envoie à Mauthausen. « C'est la fin, me dit Suzanne. Mauthausen est un camp d'extermination. Mais les Allemands ne gagneront pas la guerre en Autriche. Nous serons vengés. On nous a ordonné de rassembler nos affaires le plus vite possible. »

Je sors sans réfléchir et cours à travers le camp à la recherche d'Anastasie. Il faut que je lui parle avant notre départ. Elle a été envoyée près des douches pour nettoyer une tranchée.

— Anastasie, je suis transférée avec Suzanne dans un autre camp. Nous partons tout de suite. Si tu survis, dis à tous ce que nous avons vécu ici. Sauve le petit carnet où j'ai pris des notes. Tu sais où il est caché. J'y ai écrit tout ce que j'ai vu, tout ce que j'ai enduré depuis mon arrestation. Avant de quitter ce lieu d'enfer pour toujours, je vais remplir la dernière page blanche qui me reste. Si tu apprends un jour quelque chose sur Désiré, occupe-toi de lui. Je te le confie s'il est encore en vie. Je te confie aussi une médaille miraculeuse. Elle t'aidera. De toute façon, moi, je vais mourir. Mais toi, maintenant, tu dois survivre. Il faut que tu tiennes. Adieu.

Nous nous sommes embrassées et je l'ai quittée. Maintenant, j'écris les derniers mots que contiendra ce carnet et les quelques feuilles que j'y ai ajoutées. J'espère qu'un jour quelqu'un les lira.

Dans mon esprit, toutes sortes d'images et de souvenirs s'entrechoquent. Je revois mon île, le visage de ma mère, celui de mon père. Agénor, viens, aide-moi à retrouver une dernière fois la Martinique, mon Saint-Pierre gai, chamarré, sonore, aux madras fourmillant au milieu des fruits et des marchandises multicolores.

Je ferme les yeux, et je revois aussi un instant le château des Dubreuil, ma rencontre avec Jean, mon arrestation à quatre heures du matin. Nicaise... Désiré...

Tandis que mon soleil s'éteint tout doucement sur la terre allemande, je sens, je suis sûre, qu'en Pologne, ma vie continue en Désiré. Je m'en vais, mais mon fils est toujours vivant. Par lui, je serai sauvée.

Agénor, viens, apporte-moi mes dernières forces. Si ma mort m'appartient, fais que j'en dispose ainsi : je veux m'endormir un soir de grandes caresses, face à la mer intense. Je veux dormir du dernier repos sous un olivier en fleur, couchée dans un beau caisson orné d'orchidées et de roses de porcelaine, et que sur moi la rosée sécrète ses passions. Quand, à l'heure avancée, le grand régisseur de l'infini rangera pour la nuit ses barils de rhum vieux, sur les derniers foulards de madras tirés du répertoire, j'entends qu'on dise : « Son âme était sans rides, son corps aux seins fragiles n'a pas trahi ! Elle s'est enracinée dans l'acajou-pays. » Et qu'on m'enterre avec mes crabes, ceux qui se frappent la poitrine en marchant vers la mer, et semblent dire : « C'est ma faute, c'est ma faute ! »

Mais moi, Agénor, était-ce ma faute ?

C'est ainsi que se termine
le petit carnet de Sidonie.
L'écriture, de plus en plus ténue,
y est presque illisible.
Ce carnet a été renvoyé
par les soins d'une codétenue
à la mère de Sidonie,
qui l'a reçu après la guerre.

Remerciements

Je tiens à remercier tout spécialement le professeur suisse Micha Grin, docteur es-lettres, conseiller historique, qui m'a guidée, aidée, accompagnée pour l'élaboration de cet ouvrage, ainsi que Marie-Josée Grin, son épouse.

J'adresse aussi mes remerciements les plus sincères à M. Rodolphe Roussi, martiniquais, ancien prisonnier de guerre à Hoyerswerda en Allemagne, malheureusement décédé avant la publication de ce roman ; à M. John William, chanteur, auteur-interprète, déporté à Neuengamme, qui a accepté de répondre aux questions de M. Micha Grin ; à tous ceux qui travaillent à conserver les documents d'époque à la Bibliothèque Schoelcher et aux archives départementales de Fort-de-France en Martinique.

Annexes

SOURCES PRINCIPALES

Recherches principales et premières provenant de l'écrivain célèbre, journaliste et historien Suisse connu, le professeur Micha Grin en 1983 comme le prouvent :

— la lettre de Léoplod Sédar Senghor, datée de 1983
— la FNDIRP (la fédération des déportés et internés résistants et Patriotes), 1983
— le Service International de recherches de Arolsen, 1983
— le Centre de documentation Juive contemporaine, 1983
— le frère de Suzanne Busson, auteur de *Dans les griffes nazies*, (Maine 8° 6244),
— l'Osterreichiste lagergemeinsschaft de Mauthausen, 1983
— Le centre d'espionnage et contre espionnage de Bâle (Suisse)
— Les Archives des camps de concentration,
— Lettres de déportés,
— Sa rencontre à Antibes avec John William, le dernier survivant noir des camps qui a accepté de parler au micro de Micha Grin en 1984 dont il me rapporta 4 cassettes.

AUTRES SOURCES

— Confessions de déportés recueillies sur cassette audio dont celle de John William rencontré à Antibes en 1984, par Micha Grin ; il est cité en 1990 dans l'*Étoile noire*.

— Confessions de prisonniers de guerre citées dans le livre, dont Rodolphe Roussi,

— Confessions personnelles et rencontres avec des déportées de Ravensbrück, de Neuengamme, de Mauthausen, d'Arolsen, de Buchenwald.

WEBOGRAPHIE SOURCES

http ://www.awigp.com
The New West Indian
Article signé Edward Saïd (1935-2003)
Intitulé : ***Memory***
"Victimes oubliées du Nazisme"
Pages 1 à 4 n° 16 Mai 2002
Nombreux liens contenus.

www.ushmm.org
www.ushmm.org/remenbrance

http ://Black Holocaust Museum Washington

http ://www.afrik.com/article 6940.htlm

www.africa.anticolonial.org

Http//www.sangonet.com/fichhistoire/herero-namibie-repair.html

Africa.anticolonial@gmx.net

MICHA GRIN

Que ce soit dans l'enseignement, le journalisme, la radio, la télévision, le cabaret, la littérature, docteur ès-lettres, professeur, reporter, écrivain et poète, le destin de cet homme hors du commun n'est en rien banal et je le remercie avec son épouse Marie José d'avoir été le premier journaliste et historien à s'être penché sur la question des Noirs déportés.

Nous sommes arrivés aux mêmes conclusions sur la déportation des Noirs dans l'article suivant.

La question des Noirs déportés dans les camps nazis suscite depuis quelques semaines un étonnant débat comme l'ont souligné trois professeurs, Joël Kotek, Tal Bruttmann et Odile Morisseau. J'avais moi-même traité en 1990 sous la forme d'un récit, *L'Étoile noire*, ce thème ô combien douloureux. C'était la première fois que l'on ouvrait ce dossier.

J'avais choisi la forme du récit pour éviter toute ambiguïté, n'ayant pas une formation d'historienne. Je partais cependant de faits avérés : mon éditeur – Pierre-Marcel Favre, établi à Lausanne – demanda en effet à l'historien suisse Micha Grin qui fut parmi les observateurs de la Croix Rouge au moment de la libérations des camps, de me conseiller et de me fournir les documents dont il disposait. M. Grin avait fini par retrouver la trace, en 1985, de John William, de son vrai nom Armand Huss, le déporté noir aujourd'hui le plus connu, ainsi que celle d'une vingtaine d'autres Noirs dont des femmes et des enfants ayant subi le même sort. C'est sur la base de cette documentation que j'ai construit mon récit, donné vie à mon héroïne Sidonie, avec le souci constant de respecter la réalité dans ses moindres détails. Dans ma correspondance avec Micha Grin celui-ci a toujours insisté sur un point qui lui paraissait fondamental et qui rejoint les conclusions des professeurs Kotek, Bruttmann et Morisseau : d'une part les Noirs ne furent pas envoyés dans les camps nazis à cause de la couleur de leur peau, les lois de Nuremberg ne s'appliquant qu'aux Juifs ; d'autre part on ne dispose d'aucune estimation sérieuse quant à leur nombre. « Entre trente et mille, m'écrivait-il, mais ce serait déjà trop... »

La parution de mon livre, surtout son édition en langue allemande, suscita de nombreux commentaires et plusieurs émissions télévisées en France, aux Antilles en Allemagne, en Israël, en Afrique... C'est d'ailleurs à l'occasion d'une de ces émissions que M. Bilé découvrit le problème de la déportation des Noirs, problème qu'il ignorait comme à peu près tout le monde. En 1995, je fus son invitée au journal du soir dont il est l'actuel présentateur, à RFO Martinique.

Depuis le début des années 90 – mon récit a-t-il été un élément déclencheur ? – quelques historiens se sont efforcés, à partir des archives disponibles, de mieux cerner le processus et la réalité de la déportation des Noirs par les nazis. Ainsi, en 1995, l'historienne noire américaine, Paulette Reed-Anderson dans son étude « Berlin et la Diaspora Africaine » a répertorié quinze déportés dont elle donne l'identité, la date de naissance et le nom du camp où ils furent emprisonnés. Plus récemment, en 2004, deux chercheurs allemands, Peter Martin et Christine Alonzo, ont publié un ouvrage de 789 pages, véritable somme, sur la situation des Noirs durant le troisième Reich hitlérien. Ils consacrent cinquante pages à la déportation des Noirs. S'ils répugnent comme nous tous à établir des statistiques, lesquelles ne peuvent qu'alimenter cette sinistre « concurrence des victimes », ils ont eux aussi essayé de retrouver la trace de ces oubliés de l'Histoire, soit environ trente-cinq personnes.

Lors de la sortie de mon récit, j'avais d'emblée précisé pour éviter tout amalgame que les Noirs n'étaient pas contraints de porter une « étoile » à l'instar des Juifs. Mon récit ne souleva aucune polémique. Il fut au contraire salué par d'anciens déportés comme Jean-Pierre Pierre-Bloch, Juliette Lafont et Monseigneur Riquet, fondateur des enfants d'Abraham. Son titre *L'Étoile noire* renvoyait à Marcus Garvey, en particulier au nom de la compagnie maritime qu'il avait créée afin de ramener tous les Noirs en terre africaine ; je partage ce grand rêve d'une terre d'asile édénique capable d'accueillir la diaspora noire, où que ce soit. Et je n'oublie pas le message de Jean-Paul II qui, le 22 Février 1992, demandait pardon au nom de la chrétienté pour l'esclavage des Noirs à l'île de Gorée et pour la barbarie dont ils furent victimes. Six mois plus tard Jean-Paul II demandait pardon, cette fois à l'île de Saint-Dominique, pour l'assassinat des amérindiens.

Michèle MAILLET.

Table

Achevé d'imprimer par N.I.I.A.G.
en décembre 2005
pour le compte de France Loisirs, Paris

N° d'éditeur : 44546
Dépôt légal : Octobre 2005

Imprimé en Italie